KB009444

시선이 머무는 밤

최성우 에세이

채륜서

프롤로그
어딘가에서 자신만의 밤을 보내고 있을 당신께

'오늘도' 밤을 지새우며 글을 쓴다.

늦은 밤부터 어슴푸레 해가 뜨기 시작할 때까지의 시간, 그러니까 밤낮으로 분주한 이 도시마저 고요해지는 깊은 새벽은 무언가를 끄적이기에 더없이 좋은 시간이다.

글을 쓰는 일은 내 마음속 아주 사소한 감정들을 가만히 바라보는 일에서 시작한다.

어떠한 기억, 어떠한 아픔, 어떠한 슬픔과 기쁨 속에서 나는 어떻게 생각했는지, 그 생각이 어떻게 변해 가는지 그리하여 나는 어떤 말을 하고 싶어졌는지 곰곰이 따져보는 과정을 거쳐 한 편의 글을 완성한다. 그런 나에게 글쓰기는 정말이지 섬세한 일이 아닐 수 없다.

이토록 품이 많이 드는 일을 할 때는 작은 소음과 약간의 부산스러움도 큰 방해가 된다.

한마디로 소란한 환경에서 나는 나 스스로를 '잘' 바라볼 수 없게 되고, 이는 나로 하여금 한 편의 글다운 글조차 쓰지 못하게 한다는 것이다.

그러므로 나는 온갖 소음도 빛도 착 가라앉은 이 밤에 글을 쓴다.

돌이켜보니 글을 쓰는 일은 결국 나 스스로를 기르는 일이었다.

글을 쓰며 스스로의 아픔을 치유하고, 나 자신에게 내일을 살아갈 힘을 건네는 법을 배웠다.

내게 글과 밤은 언제나 함께였으므로, 결국 밤이 나를 기른 셈이기도 하다.

이 책은 그 밤들에 대한 나의 작은 기록이다.

나에게 밤이 그래 주었듯이, 나의 어쭙잖은 글이 당신에게 위로가 되었으면 좋겠다.

나의 글을 읽는 동안에는 당신이 조금이나마 덜 아팠으면 좋겠다.

아니. 조금 더 욕심을 부리자면 나의 글로 인해 당신이 내일을 살아갈 힘을 얻는다면 좋겠다.

03 밤이 지나면 아침이 오니까

에필로그

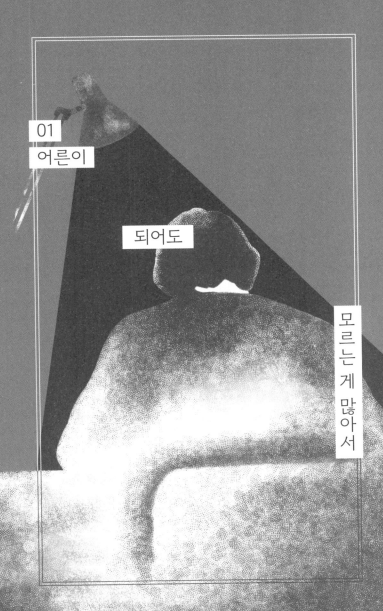

춘설春雪서정

밖은 흰 도화지를 펼쳐놓은 풍경이다.

입춘이 지난 봄의 초입에서, 요 며칠 따스한 봄기운이
감돌았다. 두터운 윗옷을 장롱 한구석에 밀어 넣어두곤 옷차
림을 가벼이 하였건만, 날은 또다시 서늘하게 식고 하늘에선
봄눈이 폭폭 내린다.

어제 하루 진종일 내리던 때아닌 봄눈은 그칠 기색도 없
더니, 밤새워 열심히도 내렸나 보다.

창으로 반쯤 들이치는 아침볕에 눈을 뜨고 밖을 내다보

니 이 도시는 완연한 설국이었다. 회백색 콘크리트 건물 위에도, 검붉은 벽돌 주택 지붕 위에도, 저 거리의 가로수 텅 빈 가지 위에도 순백의 눈이 소복소복 쌓여있었다.

몸을 재촉해서 밖으로 나가, 걸음걸음 눈에 푹푹 빠지는 발자국의 끝을 바라보며 너른 눈길에서 기다리던 봄눈을 맞으니, 어느새 마음이 들떴다.

따뜻해진 기온 탓인지 지난겨울엔 눈을 보기가 참 어려웠다. 추운 겨울을 도탑게 덮어주어야 할 눈이 오지 않자 이 도시를 채운 것은 드나드는 이들의 찬 입김과 길가의 날카로운 결빙뿐이었다. 그래서 때늦은 이 눈이 더욱 반갑나 보다.

때가 늦은 봄눈은 되려 때가 늦었기에 더욱 반갑다. 그만큼의 기다림이 있었기 때문일까, 그 어느 겨울철 눈보다 더욱 은은하고 아름답게 느껴진다.

봄눈을 보며 무명으로 오랜 세월을 버텨낸, 나이 지긋한 중년의 배우가 주목을 받았을 때의 반가움이 떠올랐고 여태껏 힘들었던 친구의 기쁜 소식을 들었을 때의 미소가 얼굴에 가득 피어났다.

　내 처지가 비슷해서 그런지 내 주변에는 유독 때를 놓친 이들이 많다. 저마다의 사연은 가지각색이지만, 그 어떤 이유로 사회가 정해놓은 속도보단 조금 더 뒤처져 걷는 이들 말이다. 그들은 인생길에서 남들과 자신이 걷는 속도를 비교하며, 때론 절망하고 때론 굽혔으며 더러는 울었을 것이다. 그 가운데 특유의 해맑음은 조금 덜어냈으나, 겪지 않은 이들은 닿을 수 없을 만큼의 깊이를 얻었을 것이다.

　작은 분에 나무를 가꾸어 한 그루의 노거목을 만드는 분재를 본 기억이 있을 것이다. 분재 중 굴곡 없이 쭉 뻗은 것을 직간이라 하고, 굽이굽이 굴곡진 것을 곡간이라 한다는데, 수집가들은 직간보다는 곡간의 수형을 가진 나무를 상품上品으로 친다고 한다. 그래서 대부분의 애호가들은 키우기에 시간과 품이 더 들더라도 나무를 이리저리 굽혀 곡선을 의도한다고 한다. 잘은 모르겠지만, 곧음보다는 굽어짐이 더 자연스럽고 은은해서 그렇지 않을까 하고 이유를 찾아본다.

그리고 찾은 이 이유를 우리의 속도와 굴곡에 비추어본다.

　느리거나 굽은 것들은 은은하다. 조금 느리거나 더러 굽은 이들은 깊고 자연스럽다.
　그래서 나는 그들의 그 느림과 굽어짐이 좋다. 느림과 굽어짐이 주는 그들의 그윽한 잔향이 다사롭다.

사랑에 빠질 때면 종로3가에 간다

　몇 번의 사랑과 몇 번의 이별을 지나오며 알아낸 사실이 있다. 나라는 사람은 '사랑'에 대해 바라는 게 아주 많아서, 내가 쉽게 사랑에 빠진 상대에게는 그만큼 쉽게 실망한다는 것이다.

　나는 사랑을 오래 앓는다. 매번의 사랑은 나를 나름대로 아프게 했다. 어떤 사랑은 사랑이라는 이유로 날 아주 많이 아프게 했고, 어떤 사랑은 내가 상대를 아프게 했다는 사실로 도로 날 아프게 만들었다. 어릴 적 무언가를 먹고 단단히 체해 본 경험이 있는 사람이 다시는 쉽사리 그 음식을 먹지 못하듯이, 사랑에 오래 앓은 나는 사랑을 시작하기가 늘 어렵다. 그래서인지 사랑을 시작할 때면 상대방이 가진 마음의 결을 신중하게 살핀다. 누군가 사랑은 타이밍이라던데, 나는 반대로 시간이 오래 걸려 그 사람을 놓친다 하더라도 사랑의 본격적인 시작을 의도적으로 늦춘다. 함께 여기저기 돌아다니고, 이 사람 저 사람을 함께 만나며 장소와 사람에 따라 달라지는 상대의 감정과 태도에 주목한다. 마찬가지로 시시때때로 변하는 나의 감정과 태도를 보여준다. 우리의 감정이, 우리의 태도와 가치관이, 결국은 우리의 마음의 결이 잘 어울리는지 서로 살필 시간을 마련한다.

나는 그 유예의 시간에 그 사람을 데리고 종로3가에 간다. 화려한 네온사인으로 번쩍이는 익선동, 서울의 과거가 여전히 미동도 없이 자리하고 있는 인사동, 아주 허름해서 더 인간적인 포장마차 거리, 이 모두를 품은 종로3가에 간다.

우리는 점심 즈음 종로3가 4번 출구 앞에서 만난다. 건

너편 좁은 골목으로 들어가 가장 화려하고 멋진 고급 레스토랑을 찾아간다. 이 시점에서 비가 조금 와 우산을 펼칠 수 있다면 좋겠다고 생각한다. 골목은 좁으니 펼친 우산은 하나일 수밖에 없을 테고, 우리는 어색함을 무릅쓰고 우산 안에서 조금 더 가까워질 것이다.

점심 식사의 가격은 생각하지 않기로 한다. 가장 비싼 파스타를 먹고 가장 비싼 스테이크를 먹으며 서로의 기류를 살핀다. 내가 보고 싶은 건 이 식당에서 가장 비싼 메뉴들보다도 더 비싼, 저 사람의 마음결이다. 번쩍거리는 식당에서 비싼 메뉴를 먹으며, 우리의 대화가 조금 더 비싸질지도 모른다고 생각한다. 각자의 고상한 취미에 대해, 어쩌면 그것보다 더 내밀한, '돈'을 둘러싼 생각에 대해 이야기할지도 모른다.

식사 후에 우리는 조금 더 가까워진 채로 낙원상가 앞을 지나 인사동으로 향한다. 지나가는 길에 이름 모를 누군가의 손때가 묻은 잡동사니를 구경한다. 그리고 골목에 숨어있는,

아주 오래된 나무 간판을 내건 찻집에 들른다. 어쩌면 나는 국화차를 시킬지도 모른다.

고요한 찻집과, 정갈한 차 앞에서 우리의 대화는 아까보다 조금 가라앉을지도 모른다. 어쩌면 예술에 대해, 어쩌면 서로의 얄팍한 철학에 대해 이야기할지도 모른다.

차가 다 식고, 우리의 대화가 무르익으면 조금 더 친해진 우리는 종로3가 13번 출구 쪽을 향해 조금 걷는다. 빨간 천막들이 줄 선 포장마차 거리에 간다. 가장 한적한 포장마차 하나에 들어가 싸구려 플라스틱 책상을 사이에 두고 마찬가지로 싸구려인 플라스틱 의자에 마주 앉는다. 안주는 좋아봐야 삼겹살 구이일 테고, 어쩌면 그것보다 더 싼 곰장어나 고등어구이일지도 모른다. 화장실조차 없어서, 급한 볼일이 생기면 서울극장이나 종로3가역의 화장실을 이용해야 할 테다.

우리는 사람 냄새나는 그곳에 앉아, 서로의 잔에 소주를 따라주며 서로의 인생살이에 대해 이야기할지도 모른다. 어쩌면 서로가 사랑하는 사람들에 대해, 가슴속에 고이 간직한 서로의 꿈에 대해 이야기할 수도 있다.

마지막 술잔을 비우고 상대에게 인사를 건네며 나는 충만해진다. 저 사람의 가장 화려한 모습과 가장 인간적인 모습을 모두 본 것만 같은, 따뜻한 착각에 빠진다. 아니 어쩌면 오늘 하루 동안 나의 양면적인 모습들을 다 보여준 것만 같아 홀가분해질지도 모른다.

사랑에 오래 앓는 나는, 사람을 오래 본다. 사랑도 결국 사람이 하는 일일 테니까.

상처를 주고 상처를 받는 건 결국 사람 때문일 테니까.

사랑을 시작할 때면 장소에 따라, 아니 더 정확히는 분위기에 따라 달라지는 사람의 모습을 보려고 한다. 마찬가지로 그렇게 변하는 나의 모습을 숨김없이 보여주고 싶어 한다. 어쩌면 서로로 인해 오래 앓을지도 모를, 상대방과 나의 마음을 위해서.

그래서 언제이고 사랑에 빠질 때면, 나는 종로3가에 간다. 종로3가는 나의 사랑을 다그치는 법이 없다.

《상실의 시대》가 내게 남긴 것

어느 유행가 가사처럼 '한 구절 한고비 꺾어 넘는' 것이 우리네 인생이라지만, 살아가다 보면 유난히도 버텨내기 힘든 시절이 온다.

그리고 그 시절의 대부분은 우리가 삶에서 겪는 어떤 상실 때문에 오는 것이 아닐까 싶다.

목숨과도 같았던 소중한 사람을 잃어서, 진력을 다했던 사랑이 떠나가서, 희망했던 어떤 것을 이루지 못해 포기해서 꿈을 잃어서 아니 어쩌면 꿈을 꿀 힘조차도 잃어서, 등과 같은 이유들로 오는 '상실의 시기' 말이다.

그 시절은 살아내기가 참 버겁다.

그 '상실의 시기'는 조금은 이르게 나에게도 찾아왔다.

스무 살, 어른이 된다는 20대의 초입에서 과할 정도로 많은 '상실'들을 겪었다.

이루고자 하는 무언가를 잃었고, 그 탓에 자존감은 스스로 무너져 내렸으며, 마지막 남은 자존심은 내 안에 아집과 어리석음을 심었다. 시간이 지날수록 나의 아집과 어리석음은 기승을 부렸고 진심을 다해 사랑했던 오래된 연인과 친구들 중 더러는 나를 떠나갔다. 때마침 집안에까지 좋지 않은 일들이 겹쳐 아주 여러모로 정신을 차릴 수 없는, 내 안팎으로 깊은 어둠이 드리운 나날이었다.

도무지 어떻게 살아내야 하는지 모르겠다는 답답함과 함께, 첩첩이 솟은 험한 산길을 홀로 걸어가거나 컴컴하고 깊은 수렁 속에 의지할 데 없이 덩그러니 홀로 서 있는 듯한 고독한 기분이 들곤 했다. 이내 물속에 머리를 끝까지 담그고 바깥과는 완전히 차단되어 무엇이든 다 잊어버리고만 싶은 감정에 휩싸이기도 했다.

나의 삶에 한 부분을 차지하고 있던 소중한 것들을 잃자, 내 안에 어떤 빈 공간이 생긴 기분이었다. 그 공백을 채우려고 발버둥 쳤지만 시커먼 뻘밭에서 그렇듯, 발버둥 치면 칠수록 스스로 더 깊이 아래로 침전했다.

그때, 우연히 들른 서점에서 《상실의 시대》를 처음 접했다. 하루키가 누군지도, 이 책이 어떤 소설인지도 모른 채, 왠지 나의 상황과 비슷한 제목이라는 생각과 함께 서점 가판대 한구석에 서서 책의 첫 장을 넘겼다. 그리곤 그 두꺼운 책이 끝날 때까지 그곳을 떠날 수 없었다.

읽는 내내 청춘의 문턱에서 사랑과 우정을 잃고 방황하는 '와타나베'를 나와 동일시했고, 그가 그의 '상실'을 받아들이는 법을 배워가는 과정은, 나의 방황을 끝맺을 방법을 알려주었다. '와타나베'는 나의 힘으로는 도저히 '어찌할 수 없는 부분들'에 대하여 애써 거부하거나 미련을 갖지 말고 그저 받아들여야 한다고 나를 타일렀다.

나로서는 어찌할 수 없던 일들, 이를테면 뜻대로 되지 않던 나의 상황들과 어쨌든 나와 함께하는 것이 힘들어서 나를 떠나간 이들에 대한 미련, 그것들에 대한 집착과 그로 인한 고통은 나의 '받아들임'과 동시에 점차 희미해져 갔다.

그렇게 한고비를 넘긴 후, 나의 앞에 닥친 크고 작은 고비들에 거부보다는 수용을 택했고, 꽤나 어려웠지만(지금도 쉽지는 않지만) 나를 떠나가는 이들에 대해서 미련을 갖기보다는 조금 비켜서서 그들이 떠나갈 길을 내어주었다.

나는 이렇게 점차 '상실'에 익숙해졌다.

《상실의 시대》는 어렸던 나에게 어른이 되는 법을 알려 준 책이다. 어른이 된다는 건 어쩌면, 나의 힘으로는 도저히 어찌할 수 없는 것들이 주는 '상실'에 대하여 '그저 받아들이는 법'을 배우는 것일지도 모르겠다.

가끔 실패가 낯설어질 때면

일상의 크고 작은 도전에서 실패를 마주할 때, 우리 속은 참 쓰리다. 게다가 그 도전의 과정에 밤낮으로 매달려 노력했다면, 그 쓰림의 정도는 갑절 아니 세 곱절 정도 더 심해진다. 무언가를 더 해낼 힘조차도 잃고 아무도 만나고 싶지 않다는 생각이 들기도 한다.

텅 빈 집 안에 낙담한 채 돌아누워 하릴없이 시간을 보내기도 한다.

일종의 번아웃. 나에게도 실패는 참 쓰리다. 이로 인해 나에게도 번아웃의 시간이 분명히 온다. 그런데 나는 다른 이들에 비해 이 시간이 조금 짧은 편이다.

요 며칠 이루고자 했던 일들의 결과가 참 납득하기 힘들었다.

3개월 밤을 지새우며(친구 녀석들과 주고받은 우스운 표현을 빌리자면 '종종 자며') 매달린 일의 결과가 마음에 들지 않았다. 또 마찬가지로 밤잠 쫓아가며, 남들보다 훨씬 많은 양의 일을 하며 진행했던 프로젝트의 보상은 남들보다 훨씬 적었다. (야속한 교수님) 힘든 일은 몰아서 온다고 이 두 일이 하루 간격으로 발생했다. (이날만은 니체가 옳았다. 신은 죽었다.) 예상치 못한 결과들에 속이 참 쓰렸고, 나의 노력이 부정당한 기분이 들어 얼마 동안 무기력했다.

한... 30분 정도?

번아웃이라 하기엔 참 짧지 않은가?

혹자는 내가 애초에 낙천적인 성격이라 그렇다고 생각할 수도 있겠다. 아니면 무엇이든 금방 잊어버리는 단순한 사람이라고 생각할 수도 있을 것이다. 그러나 엄밀히 말하자면 둘 다 틀렸다. 나는 낙천적이라기보단 현실적이고, 생각이 단순하기보단 복잡하고 치밀한 편이다.

그렇다면 나의 '낙담 시간'은 왜 이리도 짧을까? 그 이유는 내겐 성공보다 실패가 익숙했던 날들이 있었기 때문이다.

대부분의 사람들이 가장 빛난다는 스무 살, 그리고 그 이듬해가 그러했다. 돌이켜보면 내일의 나를 위해 끼니는커녕 잠조차도 거른 채로 악착같이 버텨낸 수많은 날들이었다. 그렇게 계속되는 최선과 그에 대응해 최선을 다해서 내게 다가오는 실패들 탓에, 살아왔다기보단 살아냈다는 말이, 아니 어쩌면 버텨냈다는 말과 더 잘 조응하는 수많은 날들이었다. 그래도 누가 이기나 해보자며 팔 걷어붙인 채 품은, 내 혈관 가득 흐르는 독기 탓에 여름 한낮보다 뜨겁고 찬란했던 내 인생의 밤들이었다.

날 키운 건 8할이 이 시간들이다. 내겐 이 시간들이 있었기에, 실패가 두렵지 않다. 어떠한 실패도 그때의 실패보단 쓰리지 않다. 지금의 내가 느끼는 어떠한 낙담도 그때의 내가 감당했던 그 낙담보단 심할 수 없다. 실패에서 배우고 실패를 딛고 올라설 자신이 있다. 아니 어쩌면 실패할수록 더 오기가 생긴다. 비록 돌아갈지라도 훗날 남들보다 더 많은 배움을 가지고 있을 거라는 확신도 있다.

물론 이렇게 마음을 먹어도 실패는 언제나 쓰리다. 어떤 땐 낯설다. 실패의 회복이 조금 더딜 때도 있다. 그래서 나는 이럴 때, 즉 실패가 낯설어질 때면 미사여구로밖에 표현할 수 없던 그날들을 떠올린다. 날 키운 8할의 시간들을 떠올리며, 낙담할 이유가 전혀 없다고 스스로에게 말한다. 툭툭 털고 다시 해보라고 스스로를 다그친다.

'낙담하고 있을 시간이 없다, 실패하면 다시 하면 된다. 오히려 실패해서 더 잘할 수 있다'

인연: 피천득 선생께

햇살은 따스했으나, 아주 가는 여우비가 내리던 봄날이었습니다. 인사동 작은 찻집에서, 짙은 향수를 뿌린 아름다운 여인과 마주 앉아 국화차를 시켜놓고는 홀짝이며 나누어 마신 기억이 있습니다.

얼마간의 시간이 흐른 뒤, 그 여인의 짙은 향수 냄새나 생김생김, 유독 즐거웠던 그날의 대화는 잘 기억이 나지 않으나 국화차의 은은한 향기만은 잊히지 않습니다. 선생의 글은 그날의 국화차와 같습니다. 선생의 글은 그리 자극적이지도 그리 강렬하지도 않으나, 읽는 이의 마음 한편에 은은한 잔향을 오래도록 남깁니다.

　참 이상한 일입니다. 어딘가 흥미가 끌리는 구석이 있는 글을 읽을 때면 열 일을 제쳐두고서라도 얼른 읽어내곤 하는 저인데, 선생의 글은 천천히 오래도록 아껴 읽고만 싶었습니다. 마치 벽장 속에 숨겨둔 달콤한 꿀을 남몰래 조금씩, 야금야금 먹는 것처럼 말입니다.

　아주 천천히 오래도록 읽는 동안에, 가슴 한구석 떠오르는 슬픔에 마냥 울기도, 일상의 작고 아름다운 것들을 떠올리며 지긋이 웃어보기도 했습니다. 떠나간 이를 잠시 떠올리다가 이내 가슴에 묻으며 그이의 행복을 빌어주기도, 인연이 닿아 곁에 있어주는 이들을 더 부드러운 눈짓으로 바라보기도, 밤잠 설치는 날엔 선생께서 자주 가시던 5월의 비원을 떠올리며 어스름한 서울의 밤길을 거닐어 보기도 했습니다.

　그리곤 문득 수필이 쓰고 싶어졌습니다.
　선생의 글을 닮은, 다른 이의 가슴에 은은하게 남아 그들의 마음을 다독일 수 있는 글이 쓰고 싶어졌습니다. 덕분에 이 겨울 한 철을 넉넉히 보냈습니다. 그리곤 이내, 보다 산뜻하고 가벼워진 마음으로 새봄을 맞이합니다. 제게 주어진 생을 살아내는 과정에서 조금 지칠 때, 마음이 슬픔에 착 가라앉거나 기쁨에 붕 뜰 때면 다시 선생의 글로 돌아오겠습니다. 지난겨울과 마찬가지로 아주 오래도록 선생의 글이 제 마음 한구석에 남기는 잔향을 음미하겠습니다.

민들레의 삶

꽃 피는 춘삼월에 태어난 탓인지 유난히도 꽃을 좋아한다.

타고난 제 빛깔을 자랑하듯 형형색색으로 만개한 꽃을 볼 때면, 그 꽃의 아름다운 빛이 내 마음속으로 들이쳐 곱게 스미는 기분을 느낀다. 덕분에 그때만은 일상의 고민을 잊고 아무 걱정도 없이 한껏 들뜬다.

그래서인지 스스로 힘으로 어딘가를 찾아갈 나이가 되자, 꽃을 보자고 이곳저곳을 쏘다니는 내 나름의 낭만이 시작되었다. 꽃 피는 봄이면 대로를 따라 줄을 이룬 벚꽃 나무의 연분홍색 도열을 보러 신촌이나 여의도로, 그마저 여유가 허락되지 않을 때면 가지각색의 꽃을 잘 가꾸어 놓은 집 근처 '서울로' 산책로로 발걸음을 재촉한다. 꽃이 피지 않는 계절에는 철이 지난 꽃을 인공적으로나마 피우고 있는 창경궁이나 서울식물원의 온실로, 혹은 꽃을 잔뜩 사다 꾸며놓은 카페나 찻집으로 구경을 간다. 익숙하게 혼자라도, 어쩌다가 둘이서, 아주 가끔은 가족들과 함께 꽃이 주는 낭만을 만끽한다.

꽃의 낭만을 즐기던 초기에는 어디에서 자라 어떻게 피어난 꽃이든 모두 다 분별없이 좋았다.

꽃은 핀다는 사실 자체로 대견하고, 원래가 아름다운 것이니까 내 취향에 들어맞고 아니고 차이는 있을지언정, 특히나 더 예쁜 꽃도, 특히 덜 예쁜 꽃도 함부로 결정해서는 안 된다는 야트막한 철학도 있었다.

그런데 꽃의 이름과 성장을 하나하나 알아가는 정도의

짧은 배움을 얻게 되자, 자꾸만 '이 꽃보다는 저 꽃이 더 좋다'는 식의 확신에 찬 주관이 생겨난다. 특히나 이번 봄에 유독 나의 눈길이 향하는 꽃은 바로 봄이면 지척에서 피어나는 민들레이다.

사실 민들레는 장미나 튤립처럼 빼어난 아름다움을 가진 꽃은 아니다. 땅바닥에 딱 달라붙어 겨우겨우 노랗게 물든 작은 머리를 산발로 피워내고, 커봐야 오가는 사람들의 발목 높이에 그치는 볼품없는 앉은뱅이 꽃이다. 또 흔하기는 얼마나 흔한지, 길가의 흙무더기는 물론 아스팔트 돌 틈 사이, 더러운 물이 수시로 스미는 하수구 아래 진흙에서도 쉽게 볼 수 있는 풀꽃이다.

그렇다면 그다지 예쁘지도 않은 길섶의 민들레에 내 눈길이 가는 이유는 무엇일까? 그건 아마도 요즘 내가 가지는 생각들과 민들레의 생이 맞닿아있기 때문이 아닐까. 누가 그러던데, 취향은 생각을 닮는다고.

민들레는 무성생식을 하는 꽃이라고 한다. 무성생식이

라는 말이 낯설어 그 뜻을 찾아보니, 따로 암수의 구분이 없는 식물이 홑몸으로 씨앗을 만들어내는 일이라고 한다. 여기서 재밌는 점은 이 무성생식을 하는 식물의 씨앗에서 비롯되어 피어난 새로운 풀꽃은 모계와 유전적으로 완전히 동일하다는 것이다. 그러니까 하나의 민들레는 자기와 똑같은 또 다른 자기를 만들어 바람에 날려 보낸다는 것이다. 바람에 흩날리던 홀씨는 시골의 도타운 흙더미에, 혹은 이 도시의 척박한 아스팔트에 안착하여 이듬해 봄에 또다시 노란 꽃을 피워내고 다시 새로운 자기를 만들어 끈질긴 생명력을 이어나간다. 하나의 풀꽃은 더 큰 군락을 이루기 위해 우직하게 이 과정을 반복한다. 꾸준하게 적응하고, 계속해서 자신의 한계를 극복한다.

여러 가지 일을 시도하면서 재능과 꾸준함에 대해 더 자주 생각하게 된다. 내가 만들어내려는 무언가가, 혹은 내가 해내고자 하는 무언가가 내게는 없는 탁월한 재능을 필요로 하는 일일지도 모른다는 생각이 문득 내 마음을 무겁게 한다. 이따금 크고 많은 내 욕심과 스스로의 '재능 없음' 사이의 괴리가 눈에 보여, 고통 속에서 몸부림치며 머리를 쥐어뜯기도 한다. 그렇지만 이 고통의 귀결은 늘 정해진 결론으로 향한다. 내게는 없을지도 모르는 타고난 재능이 무색할 만큼의 꾸준함을 갖추자는 다짐 말이다.

내 재능에 뚜렷한 한계가 있어서 단 한 번의 시도로는 뛰어난 결과를 낳을 수 없다면, 두 번 세 번, 아니 될 때까지 우직하게 시도해서 결국에는 재능 있는 누군가의 결과와 비슷하게라도 만들어내면 되지 않을까 생각한다. 어쨌거나 이 세상이 공평하다면, 천재에게 재능이라는 특권이 주어졌을 때 나와 같은 평범한 사람들에게는 꾸준함이라는 특권이 주어졌어야 마땅하다고 믿으며, 오늘도 나의 특권을 누리기 위해 마음과 몸을 가다듬는다.

결국 타고난 아름다움을 뿜어내는 장미나 튤립 같은 사람은 못되더라도, 꾸준할 수 있다면 끈질기고 우직할 수 있다면 민들레 같은 사람은 될 수 있지 않을까 싶다. 적어도 그 우직한 과정의 말미에는 꽃 비슷한 무언가를 피워낼 수 있을 테니 말이다. 아니 어쩌면 나는 장미나 튤립보다 민들레 같은 사람이 되고 싶은지도 모르겠다. 결국 수천수만 년을 자기 모습 그대로 오래도록 버텨내는 민들레의 삶이, 잠깐의 아름다움을 향유하는 장미나 튤립의 삶보다 더 행복할 수도 있지 않을까. 그만큼 우리 삶은 충분히 길고 아득하지 않나.

'우리'가 된다는 것은

윤가은 감독의 영화 〈우리들〉은 '우리'라는 관계의 일원
이 되어가는 아이들의 성장과정을 그린다.

4학년의 여름방학, 교실에서 늘 구석진 자리에 앉아 같
은 반 아이들에게 따돌림을 당하던 '선'에게 커다란 변화가
생긴다. 그 시작은 전학 온 '지아'를 복도에서 우연히 마주친
것이었다. 선은 낯선 동네로 이사 온 지아를 살뜰히 챙겨주
며 그녀의 적응을 돕는다. 이후 둘은 둘도 없는 친구가 된다.

소심하고 느릿한 성격 탓에 반 친구들에게 늘 괴롭힘의

대상이 되곤 하던 선은 그 때문에 누군가와 새로이 관계 맺는 일을 어려워했다. 그랬던 선에게 지아와의 시간은 그간의 어려움을 극복해 나가는 변화의 시간이 되어 주었다. 지아와의 튼튼한 관계 안에서, 선은 소심함을 극복하며 타인에게 먼저 다가가 손 내미는 법을 배웠다. 먼저 다가가도 상처받지 않을 것이라는 확신, 이를테면 친구들에게 자신의 진심을 마음껏 보여줘도 괜찮을 거라는 믿음이 선의 마음 안에서 싹튼다. 이 믿음 덕에 선은 처음으로 우정이 주는 행복감을 느끼게 된다.

그러나 선의 행복은 학기가 시작되자마자 막을 내렸다. 새 학기가 시작되면 지아와 더 재밌는 시간을 보낼 수 있을 것이라는, 어쩌면 그 덕에 다른 아이들과도 더 친밀한 관계가 될 수 있을지도 모른다는 선의 예상은 보기 좋게 빗나갔다. 지아가 선을 따돌리던 아이들에게 편승해 '선이 괴롭히기'에 동참했기 때문이다.

선의 집에 머무는 동안 선이 엄마의 다정한 모습을 보며 지아는 자신이 가진 결핍을 떠올렸고(지아의 부모님은 이혼을

했고 지아는 지금 할머니와 살고 있다.) 이는 선을 대하는 지아의
마음을 모나게 만들었다.

영문도 모른 채 믿었던 지아에게마저 따돌림을 당하게
된 선은, 복수심에 지아의 비밀을 아이들에게 이야기한다.
지아 역시 이전 학교에서 따돌림을 당했으며, 지아네 부모님
사이에 불화가 있다는 사실을 가감 없이 이야기한다. 이에
질세라 지아도 선의 비밀(선의 아버지가 알코올 중독자라는 사
실. 어른의 눈에는 단순한 술주정뱅이에 가깝지만)을 반 아이들에
게 이야기한다.

꼬리에 꼬리를 무는 폭로전. 무더운 여름밤, 솔솔 부는
선풍기 바람을 함께 맞으며 진솔하게 나누던 둘 사이의 내밀
한 대화는 각자의 약점이 되고, 또한 서로의 무기가 되어 상
대방의 마음을 아프게 했다. 서로를 향한 서로의 미움을 부
풀려가던 이 지난한 과정 끝에 결국 둘은 치고받고 싸우게
된다.

여기저기 상처 난 얼굴로 집에 돌아온 선은 동생 윤의

친구가 윤을 때리고 있는 광경을 마주한다. 참을 수 없던 선은 윤의 친구를 강하게 밀치며 둘을 떼어 놓는다. 윤의 친구가 집으로 돌아간 시간, 가족끼리 마주 앉은 식탁에서 윤의 얼굴에 난 상처를 발견한 선은 윤을 나무란다.

"너는 왜 친구가 때리면 맞고만 있니? 같이 때려야지!"

친구들, 특히 믿었던 지아에게 괴롭힘을 당하던 자신과 동생 윤을 동일시한 선은 크게 화를 낸다. 마치 스스로의 답답함을 탓하듯이.

이에 동생 윤은 해맑게 웃으며 답한다.

"걔가 나를 때리고 내가 걔를 때리고 또 걔가 나를 때리고 내가 걔를 때리면... 그럼 언제 놀아? 나는 그냥 놀고 싶은데..."

어린 동생의 예상치 못한 대답을 들은 '선'의 얼굴에는 민망한 기색이 역력하다.

어리게만 봤던 동생에게서 나름의 깨달음을 얻은 선은 그날 이후 달라진다. 예상해 보건대 그 깨달음의 내용은 '친구와 좋은 관계를 맺기 위해서는 내가 먼저 이해하고 양보하자'는 게 아니었을까?

선은 그날 열린 피구 시합에서 과거의 자신처럼 반 친구들에게 괴롭힘을 당하고 있던 지아를 돕기 위해 기꺼이 용기낸다.

"야 지아 선 안 밟았어! 내가 봤어!"

좋은 영화는 늘 그렇듯 이 영화 역시 그 시절의 나를 돌아보게 했다. 엔딩 크레디트에 비친 아이들의 모습을 보며스스로에게 물었다.

'선과 지아의 나이에 나는 어땠을까?'

'미숙했던 나의 관계 맺기는 과연 어땠을까?'

내가 '나'에서 '우리'가 되는 과정은 따뜻하고 충만했으나, 언제나 나름의 힘이 들었다.

겁이 많고 눈치를 많이 보는 아이였던 나는 친구들에게상처를 받는 것이 무섭고 싫었다.

그 탓인지 나는 관계를 맺는 과정에서 천진무구함보다는 조금의 영악함이 더 큰 무기가 된다는 것을 일찍이 알아버렸다. 나는 그렇게 아이답지 않은 아이로 오랜 시간을 자라왔다.

그 덕분에 때로는 나의 중심을 잡아주는 지지체가 되기도, 때때로 나를 옭아매는 결박이 되기도 하는 '우리'라는 관계에서 언제나 우위에 있었고 상처를 받기보다는 상처를 주는 편에 섰다. 영화로 치자면 '선'이나 '지아'보다는 그들을 괴롭히는 '보라'에 가까운 아이였다. 선도 악도 모르던 그때는 그게 참 좋았다.

시간이 흘러 그 소년은 인중에 푸르스름한 수염 자국을 가진 어른이 되었다. 그리고 그 시절의 관계들을 뉘우친다. 천진무구함이 영악함보다 더 따뜻하고 진실한 관계를 만든다는 사실을 이제는 알기 때문이다.

내게 시간을 여행할 수 있는 능력이 주어진다면 나는 천진무구함의 힘을 미처 깨닫지 못한 어린 소년에게 다가가, 누군가와 마음껏 관계 맺으며 기꺼이 상처받으라고 권하고 싶다. 그 일은 너무나도 당연한 일이라고, 지레 겁먹어서 회피하지 말라고. 때론 크고 작은 상처를 받고, 그 상처를 딛고 자라는 일은 너의 무기이자 특권이라고 말해주고 싶다. 너무 일찍 영악함을 깨달은 그때의 나보다, 실컷 아이다웠던 '선'이가 훨씬 더 멋진 어른으로 자랄 것이 자명한 일이므로.

어른이 된다는 건 어쩌면 얼른 어른이 되고 싶던 아이적의 순수한 마음을 그리워하는 일인지도 모르겠다.

나와 함께 '우리들'이 되어, 내 유년 시절을 맑게 채워주던 '철수'와 '영희'는 지금쯤 무얼 하며 살고 있을까

장소를 닮는다는 것, 학림에서

언제나 젊은 거리 대학로를 거닐다 보면, 대로 길게 늘어선 플라타너스 나무 행렬의 끝자락. 그곳엔 아주 오래된 다방 '학림'이 있다.

비참한 전쟁이 끝난 직후인 1956년에 문을 연 학림은 4·19, 5·18, 6월 항쟁 등 험준한 우리 근대사의 단층을 오랜 세월 묵묵히 버텨왔다. 자리한 세월만큼이나 수많은 이들이 거쳐 갔고, 그들 중 더러는 이름 없이 사라졌으며 더러는 세상을 바꾸기도 했다.

젊은 시인의 '희미한 옛사랑의 그림자'가 길게 드리우고 젊은 무명가수 김광석의 취기 어린 노랫말이 흘러나오던 곳, 최루탄 냄새 몸에 밴 학생들이 군홧발을 피해 들어오던 곳, 젊은 지성들이 시대의 비천을 열띠게 토론하던 곳, 때론 헐벗고 때론 빛을 잃었으나 거쳐 간 수많은 이들의 추억을 간직한 곳, 쌓여온 세월만큼이나 학림에서의 기억은 켜켜이 쌓여있다.

나는 마리오네트 공연을 위해 지어졌다는 나무로 된 복층 구석에 앉아, 천천히 아주 천천히 학림을 느꼈다. 많이들 찾는다는 비엔나커피는 진한 에스프레소 위에 밀도 높은 크림이 올라가 있었고, 크림 위 군데군데에 흩뿌려진 시나몬 가루는 커피의 향긋함을 돋우었다. 한 모금에 담긴 묵직한 달큰함은 다방 안은 물론, 창밖 너머 오고 가는 이들의 지친 하루를 달래는 듯했다.

먼지 쌓인 선반에는 멈춰 선 영사기가 놓여 있다. 영사기는 마치 다방 안의 풍경을 영화 속 한 장면으로 만드는 듯했다. LP판의 지지직거리는 떨림이 느껴지는 나이 든 음악과 소곤거리는 사람들의 부산스러움은 지금 상영되고 있는 장면이다.

볕이 잘 드는 창가 쪽 낡은 천 소파에는 백발이 성성한 할머니께서 소녀 같은 웃음으로 옛 추억을 더듬고 계신다. 입구 쪽 머리를 단정하게 빗은 신사는 손때 묻은 나무 칸막이 위에 턱을 괴고 책을 읽다가 졸다가를 반복한다. 오늘 처음 만난 듯한 남녀는 어색한 적막을 한 모금 커피에 애써 지운다.

영사기 옆 빛을 잃은 동색 지구본에는 세계를 누비겠다던 꿈 많은 젊은이의 열정 어린 대사가 담겨있는 듯하고, 천정에 열 맞추어 주렁주렁 열린 와인잔과 가지런히 도열한 맥주잔은 지나간 계절들 속 기쁨과 슬픔의 장면들에 소품으로 쓰였으리라. 서로가 주인공인 연인들은 술잔을 부딪치는 쟁그랑 소리를 반주 삼아 영원을 약속했을 것이고, 사랑을 잃은 누군가는 그 술잔을 점잖은 벗과 부딪치며 쓰라린 상처와

먹먹한 가슴을 달랬을 것이다.

가슴 떨리는 설렘을 간직한 연인들에게 삐걱대는 다방의 문은 일상의 피로에서 벗어나 그들만이 오롯이 주인공인 무대를 여는 무대막이었을 것이다.

이렇게 학림은 오래전부터 머물다 간 모든 이들의 모든 순간을 덤덤히 담고 있었다. 때로는 따뜻한 위로의 장소가 되어주기도, 때로는 멀리 빙 둘러 가고만 싶은 아픔과 미움이 서린 장소가 되어주기도 하면서 말이다.

유년 시절, 담임 선생님께서 누구를 닮고 싶은지 적어오는 숙제를 내주셨다. 알림장에 내가 그때까지 들어본 위대한 사람의 이름을 모두 적어서 가지고 간 기억이 있다. 만약 그 숙제를 지금까지도 계속해왔다면 지금쯤 내 알림장에는 그때와는 비교도 못 할 정도로 훨씬 많은 이들의 이름이 적혀 있을 것이다. 시간이 흘러 나이가 들수록 더 많은 이들의 삶을 바라보고 배우면서 더 많은 이들을 닮고 싶었기 때문이다.

그리고 오늘 그 알림장에 닮고 싶은 장소도 한 곳 적어 넣고만 싶다.

한자리에 묵묵히 앉아 많은 이들의 기쁨과 슬픔, 삶의 굴곡과 부침을 차별 없고 덤덤히 들어주는, 그리고 그들의 스쳐 지나간 날들을 기억해주는, '학림'을 닮은 사람이 되고 싶다.

수국

그해 여름, 제주에는 유난히도 비가 많이 내렸다.

내리는 비를 흠씬 맞으며 새벽같이 숙소를 나섰다. 오로지 수국만을 보기 위해 떠난 여정이었다.

사방을 아름다운 수국으로 가꾼 시외의 한적한 카페에 닿자마자 새벽녘에 쌓인 피로감이 말끔히 사라졌다.

2000평이나 되는 밭을 온통 수국으로 채우기 위해 많은 돈과 정성을 들였을 주인장은 단지 커피 한 잔을 사 마시는 누구에게나 그곳을 구경하도록 허락한다. 창밖의 수국 군락에 시선을 빼앗긴 내게 주인장이 내민 한 잔의 커피는 그의 따뜻한 마음씨 때문인지 그간 제주에서 마셨던 그 어떤 커피보다도 향긋했다.

커피향과 잘 어울리는 황갈색 피낭시에를 건네며 주인장은 말했다.

"수국은 흙의 산성도에 따라 색을 달리하는 꽃이래요. 그러니까 꽃의 색은 결국 흙이 가진 고유의 색을 보여주는 거죠."

그의 말이 사실이라면 수국은 정말이지 특별한 꽃이 아닐 수 없었다. 그의 말을 반신반의한 나는 잽싸게 휴대전화를 들어 검색창에 '수국' 두 글자를 입력했다.

'수국은 토양이 산성일 때는 청색을 띠게 되고, 알칼리 토양에서는 붉은색을 띠는 재미있는 생리적 특성을 가진다'

그의 말은 농담이 아니었음을 휴대전화가 내게 알려주었다.

머리로는 수국을 이해했으니, 이제는 몸으로 겪을 차례. 본격적으로 수국밭을 걷고자 반쯤 남은 커피를 단숨에 들이

켰다.

도열한 수국들은 군락별로 뚜렷한 색의 경계를 보여주었다. 나는 수국밭 한가운데로 뛰어들어 제주의 푸른 바다를 닮은 파란색의 수국 사이를 헤엄치고, 한라산의 노을을 닮은 진분홍의 수국 틈새를 오르내렸다. 흐드러진 수국 위에는 수만 송이의 물방울이 저마다의 모양으로 맺혀 있었다. 송이송이 내걸린 탐스러운 빛깔에 매료된 나는 그 위에 맺힌 물방울들을 손으로 훑었다.

앞으로 한 걸음씩 내딛는 동안 어느새 내 손을 흠뻑 적시는 물기를 바라보며, 내게도 수국의 멋들어진 빛깔이 스미기를 바랐다. 이다지도 아름다운 제주의 여름이 내게 온전히 묻어날 수 있다면, 나는 조금 더 매력적인 사람이 될지도 모른다는 막연한 희망과 함께. 그렇게만 된다면 이번 제주 여행은 본전을 넘어 남는 장사일 텐데 말이다.

나는 꽃잎이 가장 풍성한 수국 한 송이를 골라 카메라에 담았다. 그리고 그 사진을 곧바로 휴대전화에 옮겨 친구들에게 전송했다.

'수국은 흙에 따라 색이 변한대.'

곧이어 각양각색의 답신이 내게 도착했다. 내 눈은 그중 하나의 답변에 유독 오래 머물렀다.

'사람이랑 똑같네.'

그러고 보니 사람은 수국을 닮았다.

수국 주변을 둘러싼 흙이 수국의 색을 결정한다면, 사람을 둘러싼 환경은 그 사람의 삶을 변화시킨다. 한 사람의 곁을 지키는 사람들과 그가 보고 겪는 모든 일들은 그 사람의 결을 이룬다. 그의 생각과 마음과 심지어는 표정까지도 변화시킨다.

'그렇다면 수국을 길러내듯이 나 스스로를 키워내면, 나는 내가 바라는 사람이 될 수 있지 않을까.'

단지 한 송이의 꽃에서 비롯된 생각은 꼬리에 꼬리를 물어 결국 내가 앞으로의 삶을 어떻게 살아가야 하는지에 관한 다소 거창한 주제로 향해왔다.

수국을 원하는 색으로 길러내기 위해서는 알맞은 산도

의 흙이 있어야 한다. 파란색 수국을 기르고 싶다면 꽃 주변을 산성도가 높은 흙으로 바꿔주면 된다. 반대로 붉은색의 수국을 기르고 싶은 사람은 꽃 주위를 알칼리 성분이 가득한 흙으로 채워주면 된다. 마찬가지로 나도 '어떤' 사람이 되고 싶다면 내 주변을 그와 비슷한 성질의 것들로 채우면 되지 않을까? 가령 내가 '좋은' 사람이 되고 싶다면, 앞으로의 삶에서 좋은 책을 읽고 좋은 곳을 다니고 좋은 사람들을 많이 만나면 되지 않을까?

하기사 복잡 미묘한 인간사가 수국이 피는 것처럼 이리 단순하지는 않을 것이다. 살다 보면 여타의 이유들로 내가 원하지 않는 사람들과 마주하고 원치 않는 경험들에 나를 노출시켜야 하는 날들도 많을 테니까.

그렇다면 이리도 험한 세상을 살아가며, 내 뜻대로 내가 되는 법은 두 가지가 아닐까.

하나는 말 그대로 그 '어떤' 것들로 나의 하루하루를 채워가는 것.

이것은 품이 아주 많이 드는 일일지도 모른다. 억지로

그 '어떤' 것들을 찾아다녀야 할 테니까. '어떠하지 않은' 것들을 애써 무시해야 할 테니까. 또, 부작용으로 나라는 사람의 생각이 다소 편협해질 수도 있겠다. 그 편협성이 나에게 우연히 닿을지도 모를 모종의 긍정적인 변화들을 사전에 막아버리는 불상사를 초래할 수도 있겠다.

그렇다면 조금 더 현명한 방법, 둘째는 내가 겪는 모든 순간에서 저마다의 '어떤' 부분을 찾아내는 것이다. 이 일의 선결조건은 앞으로 내가 겪는 온갖 사소한 것들에도 최대한의 긍정적 의미를 부여하는 것일 테다. 내가 지금 겪는 일들, 혹은 나와 마주한 사람들에게서 어떤 멋진 구석이 있는지 느긋하게 살펴보자. 때론 내가 겪어야만 하는 일에서, 혹은 내가 인연을 이어나가야만 하는 사람들에게 배울 점이라고는 단 하나도 없더라도, 적어도 '저렇게 되지는 말아야지' 하는 타산지석의 교훈이라도 얻어내자.

유난히도 비가 많이 내린 제주의 여름은 유난히도 많은 생각을 내게 내려주었다. 그 비가 피워낸 형형색색의 수국을 만나지 못했다면, 내 삶의 빛깔은 지금과는 조금 달라졌을 지도 모른다. 일상에 치여 내 삶의 빛깔이 점차 흐릿해져 갈 때, 다시 또 수국을 보러 제주에 가야겠다.

서촌, 대화가 필요해

유난히 누군가와의 대화가 고픈 날이 있다. 그 '누군가'가 정말이지 '아무나'라도 상관없는 날이 있다. 마음속에 맺혀있는 생각들이 이제는 묶여있던 결박을 견디지 못하고 입밖으로 나오고자 하는 날. 누구라도 붙잡고 이 모든 생각들을 쏟아내고 싶은 날. 그런 날이면 아무나라도 불러 나란히 서촌을 걸어야 한다.

광화문의 정면을 향해 걷다가 이내 인사를 건네며 왼쪽으로 향한다. 끊임없이 이어진 궁궐의 담장을 지난다. 그렇게 고궁박물관을 지나 경복궁의 서문인 영추문에 닿자 담장의 키는 서서히 낮아진다. 담장의 완만한 경사와 걸맞게 소박한 돌담길이 끝도 없이 이어진다. 느긋하게 발걸음을 앞으로 옮기며 어깨높이까지 오는 회갈색 담장을 이따금 손으로 훑는다. 어쩌면 이 담장보다 길게 이어질, 오늘의 이야기가 시작된다. 이야기의 주제는 주로 사람과 사랑과 삶과 살아간다는 것과... 두서없이 이어지는 이야기들을 한마디로 정리하자면 결국 사람 사는 이야기. 사람과 함께 길을 걸으며 사람 사는 이야기를 한다. 무해하고도 유해한, 생각과 감정의 경계를 자연스레 넘나드는 이야기들을 서촌의 돌담길에 흩뿌린다.

돌담을 따라가다 보니 여러 갈래의 골목길이 나온다. 꽤나 튼튼해 보이는 갈색 벽돌집과 담쟁이로 둘러싸인 오래된 한옥이 따스한 햇볕을 비스듬히 받고 있다. 골목 사이사이 통유리로 된 감각적인 갤러리와 원두 볶는 향을 잔뜩 풍기는 작은 카페들이 지나가는 이의 이목을 집중시킨다. 군데군데 식당에서 풍겨오는 음식 냄새와 달그락달그락 그릇 씻는 소리가 걷는 이들의 배를 출출하게 만들기도 한다. 갤러리 안 미술작품을 구경하면서도, 카페에 앉아 향긋한 커피 한 잔을 마시면서도, 파스타면 삶는 고소한 냄새에 이끌려 들어간 식당에서도, 침묵이라는 단어는 우리 사이에서 무용지물이 된다. 말이 말을 낳는다. 작은 끄덕임과 묵묵한 대답이 새로이 말을 낳는다. 때론 듣는다. 듣는 말의 주제는 물론 엇비슷하다. 상대방의 혀끝에서도 결국은 사람 사는 이야기가 흘러나온다.

적당히 배를 채우고 다시 길을 걷는다. 두 다리에 힘을 채웠으니 조금 더 경사진 길을 걷기로 한다. 우리의 목적지는 자연히 수성동 계곡이 된다. 서촌에서 가장 높은 그곳을 쉬이 오를 수 있을 것만 같다. 굽이진 골목을 지나 완만한 능선을 넘는다. 가끔씩 나타나는 급경사에 숨이 차면 잠시 말을 멈춘 채 고개를 들어 인왕산을 본다. 가까워지는 산새 소리를 응원가 삼아 발걸음을 위로위로 내딛는다. 마침내 산허리에 닿는다. 인왕산이 지켜주고 있는 계곡과 돌층계의 조화로운 풍광을 바라본다. 계곡 저편에서 물소리가 들려온다.

물소리가 들려오는 작은 폭포로 가까이 다가간다. 폭포의 부서지는 물길을 바라보며 숨을 돌린다. 숨을 돌리며 말을 이어간다. 다시 말은 산처럼 쌓인다. '산'과, 산과는 비슷한 발음의 '삶'과, 그러다 또다시 '사람'과... 장소가 바뀌어도 대화의 주제는 결국 또 사람 이야기. 여전히 사람과 사람 이야기를 한다.

기분 좋은 소란스러움이 가득한 통인시장으로 향한다. 분주히 움직이는 시장 사람들 쪽으로 자꾸만 눈길이 간다. 먹자골목에 닿자 앞치마를 두른 전집 할머니는 긴 나무젓가락으로 동태전을 뒤집는다. 지글지글 기름 끓는 소리가 들려온다. 그 반복적인 소리에 우리의 마음이 약동한다. 더 깊은 얘기를 꺼내야만 할 시간이 온 듯하다.

"자리 있어요?" "어여 들어와." 주인 할머니의 반가운 대답과 동시에 가게의 문이 활짝 열린다. 동태전과 고추전, 산적꼬치와 호박전, 형형색색의 전들이 듬뿍 담긴 나무 소쿠리가 상을 가득 메운다. 술은 아직 시키지도 않았는데 할머니께서는 황금색 주전자를 가져오신다. 대접 가득 막걸리를 채우고 아직 채 식지 않은 전을 입 안 가득 밀어 넣는다. 우물우물 전을 씹다가 입술 주변에 묻은 기름을 막걸리로 닦아낸다. 술기운이 돌자 설움이 차오른다. 하루 진종일 그렇게나 많은 말을 꺼내놓고도 혀끝에서 머뭇거리던 몇 가지 말들을 들추어낸다. 이 사람은 어땠느니 저 사람은 어쨌느니, 사람들에게 받은 슬픔과 노여움을 말로 풀어낸다. 그이들과 관련 없는 아무개를 부른 것이 다행이라고 생각하며. 오늘이 지나면 나는, 아무개가 모르는 그 사람들과 다시 또 다정과 친절을 주고받으며 살아가야 하므로.

말을 맺는다. 말을 실컷 쏟아내고 나니 서러움이 풀린다. 얼마 남지 않은 막걸리잔을 부딪치고 외투를 입는다. 두둑이 차오른 배를 쓰다듬으며 광화문 저편 청계광장까지 걷기로 한다. 서촌의 빌딩 숲을 지나 조계사의 울타리를 빙 둘러 천천히 걷다 보니 어느새 청계천이 보인다. 지나치게 많은 말을 한 건 아닐까 속으로 생각한다. 말이 말을 낳는 과정에서, 사방으로 발산하는 말들에 혹여 아무개가 불쾌하진 않앗을까 고민한다. 하지만 이 생각은 이내 접기로 한다. 아무개의 귀보다는 서촌의 담벼락에 훨씬 더 많은 말이 묻어있을 거라 믿어보기로 한다.

청계광장의 인공폭포가 푸른 조명에 물든다. 쏴아아 소리가 그 짧은 고민을 말끔히 씻어준다. 광장에 우뚝 솟은 소라탑에 500원짜리 동전을 던지며 소원을 빌어본다. 다음에 다시 서촌에 오는 날엔, 오늘보다는 적은 말을 해도 될 정도만큼만 서러우면 좋겠다고 빌어본다. 조금 더 나아가 기쁘고 밝은 이야기들만 할 수 있길 빌어본다.

아무개를 버스에 태워 보낸다. 말을 멈춘다. 나도 집으로 향하는 버스에 오른다. 오늘처럼 말이 쌓이는 날엔 다시 또 서촌에 오기로 한다. 오늘 걸은 방향 반대로 걸어보면 조금 더 유쾌한 말들이 나올지도 모른다고 생각하며 빙긋이 웃어본다.

완도, 도망쳐서 도착한 그곳에서

P선배의 연락을 받은 날에도 어김없이 분주하고 답답한 마음이었다. 내 앞에 얽히고 얽힌 복잡한 상황들과 매일같이 지루하게 반복되는 원고 작업 그리고 요즘따라 부쩍 나를 괴롭히는 불안과 불면의 밤에 지독히 시달리고 있었다. 그런 나의 복잡한 마음이 선배에게도 가닿았는지는 모를 일이지만, 그는 수화기 너머로 내게 갑작스러운 완도행을 제안했다. 그즈음 나는 일상의 벅참 속에서 도망칠 '적당한' 명분을 찾고 있었는지도 모르겠다. 넌지시 던지는 그의 제안에 넙죽 "좋아요 형." 하고 답한 것을 보면. 그 후 바로 짐을 꾸렸다.

짐을 챙기는데 드는 작은 부산스러움조차 부담이 되었으므로 오로지 소로우의 《월든》과 카메라 한 대, 이 두 가지만을 가방 안에 넣었다. 옷가지나 약간의 화장품조차도, 그야말로 도망과도 같은 나의 여행엔 사치에 불과했다.

동서울터미널에서 출발한 호남행 버스 안에서 나는 내내 잠을 잤다. 전날 새벽, 또다시 나를 몰아붙이던 불면증의 여파였다. 선배의 말을 빌리자면 내내 죽은 듯이 잠을 잤단다. 눈을 떠보니, 버스는 완도대교를 지나며 푸르른 남해를 횡으로 가르고 있었다. 완도 시내에서도 택시를 타고 한참이나 더 들어간 곳에 자리한 정도리正道里의 한 집에 짐을 풀고 등을 붙였다. 작디작던 선배의 유년 시절이, 선배의 아버지와 그 아버지의 추억이 잔뜩 묻은 그 집이 정겹게 나를 맞이했다.

집 주변을 천천히 둘러보다가 마당 한편에 놓인 낡은 경운기를 향해 카메라의 셔터를 누르려던 찰나, 마실을 마치고 돌아오신 선배의 할아버님께서 "크-흠" 헛기침소리와 함께

집 안으로 들어가셨다. 할아버님 뒤를 얼른 따라 들어가 절을 올리고 통성명을 드렸다.

"자네는 경주 최가인가?" 할아버님께서 내게 건네신 첫 말씀은 바로 나의 근원에 대한 이야기였다. 정도리, 바른길(뜻)이라는 이름을 가진 이 마을에서 태어나 평생토록 이 마을을 닮아온 당신과 무척이나 어울리는 물음이었다. 바른길을 걸어가기 위해서는 바른 시작이 무엇보다 중요할 테니까, 어떤 길을 걸어갈 때는 처음 먹은 마음을 잃지 않아야만 끝까지 똑바로 그 길을 걸어갈 수 있을 테니까. 통성명을 마치고 마을 뒤편 바다로 향하는 동안에도 나는 할아버님의 그 물음을 내내 곱씹었다.

집에서부터 가시나무 숲길을 따라 10여 분을 걸으니 눈 앞엔 둥글둥글 몽돌로 이루어진 바다가 펼쳐졌다. 타조알처럼 동그라니 잘 깎인 회색 돌들이 아홉 개의 층을 이루며 바다를 향해 비스듬히 깔려있었다. 자갈이라 하기에는 조금 크고, 바위라고 하기에는 다소 작은 진회색 돌들이 군락을 이루며 바다를 굽어보고 있었다. 구계등, 아홉 개의 계단이라는 이름과 걸맞은 풍경이었다. 파도가 너울대며 이 자갈 계단을 훑을 때마다, 몽돌이 서로의 몸 위를 구르며 특유의 소리를 냈다. 좌르륵 혹은 드르륵. 파도가 세게 치면 몽돌들은 온몸으로 그 파도를 맞으며 좌르륵 드르륵 하고 거세게 소리쳤다.

지나가시던 어르신의 말씀을 빌리자면 마을 사람들은 이곳을 짝지라고 부른다. 짝지의 의미를 물으니 자갈밭을 뜻하는 전라남도 사투리라고 한다. 그 옛날 일기예보도 없던 시절, 짝지가 좌르륵 드르륵 유난히 구슬피 우는 날에는 집집마다 아이들에게 바다로 나가지 말라 신신당부를 했단다. 그 이야기를 듣고 짝지가 우는 소리에 귀 기울여 보았다. 오늘은 파도가 몽돌을 그리 아프게 하지는 않는 모양이었다. 몽돌들은 저마다 작은 소리를 속삭이고 있었다. 짝지 한 귀퉁이에 쪼그려 앉아 가져간 맥주 캔을 땄다. 몽돌들이 속삭이는 그 소리를 안주 삼아 꼴깍꼴깍 맥주를 삼켰다. 취기가 오르자, 도시에서 바리바리 싸 들고 온 내 산란한 마음이 어느새 좌르륵 드르륵 파도에 씻겨나가고 있었다. 나는 아무런 말도 없이 가만히 앉아 멀찍이 보이는 남해의 수평선을 한참 동안 바라보았다.

　이튿날 아침에는 새벽같이 일어났다. 파도에 마음의 체증이 씻겨나간 덕인지 아니면 뜨끈한 아랫목에 등을 붙이고 잠을 청한 덕인지, 전날 밤은 이상하게도 불면증에 시달리지 않았다. 아주 오래간만에 깊은 잠을 잤고 평소에는 잠들지도 못하던 그 이른 시간에 개운하게 눈이 떠졌다. 덕분에 귀한 생각과 멋진 풍경을 선사해주신 할아버님께 정성 어린 밥상을 차려드릴 수 있었다. 짝지의 몽돌처럼 사방이 둥근 두레밥상에 둘러앉아 수저를 움직거리며 두런두런 이야기를 나누었다.

　내 여행의 이유를 묵묵히 들으시던 할아버님께서는 배를 타고 청산도에 가보는 것은 어떻겠느냐며 넌지시 말씀하셨다. 그곳은 내가 떠나온 도시와는 달리 느림이 머물러 있는 곳이라는 이유였다. 선배가 찾아온 여행지에도 마침 그곳이 있었으므로 우리는 흔쾌히 그러겠다며 할아버님께 답했다. 상을 물리고 할아버님께 인사를 드린 후 집을 나섰다. 내 불면증을 잠시 멈춰준 낡은 한옥에게 고마워서 그곳의 풍경을 꼼꼼히 카메라에 담았다. 한 걸음에 한 컷. 얼른 오라며 울려대는 택시의 클랙슨 소리를 애써 무시하며, 나는 그 집을 눈과 카메라에 그리고 내 기억 속에 천천히 기록하고 있었다.

완도 여객선터미널에서 배를 타고 약 1시간여 새파란 다도해를 가르며 도착한 곳, 그곳엔 느림의 섬 청산도가 있었다. 미리 대여해 둔 전기자전거를 타고 섬 이곳저곳을 둘러보았다. 겨울이 다 지나지 않아 아직은 채 성글지 못한 단풍나무숲과 존재 자체만으로도 남해의 온화한 날씨를 온몸으로 말해주는 동백꽃 군락. 영화 서편제를 찍었다는 오래된 남도의 한옥과 가장 높은 곳에서 호랑이의 기세로 청산도를 지키는 범바위. 계단처럼 켜켜이 쌓여 모진 해풍을 막아내는 구들장 논과 푸르고 맑은 다도해를 한눈에 조망하도록 해주는 화랑 전망대. 나는 자전거의 페달을 부러 느리게 밟으며 이 벅차도록 아름다운 풍경을 기억 속에 꾹꾹 눌러 담았다.

이 섬의 사람들이 왜 느리게 살 수밖에 없는지, 왜 세계가 이곳을 슬로 시티로 치켜세우며 온갖 공해로부터 지키고 싶어 하는지, 나는 단번에 이해할 수 있었다. 이곳에 산다면, 아니 적어도 이곳을 안다면 누구라도 그럴 것이다. 이토록 비범하고 아름다운 풍경을 통해 청산도는 내게 조금 덜 분주한 삶도 충분히 괜찮다고 말해주는 것 같았다

청산도 구경을 끝으로 완도 여행을 마쳤다. 충분한 위로와 넘치는 배움을 얻고 나는 서울행 버스를 탔다. 힘차게 구르는 바퀴의 진동을 느끼며 이 버스가 목적지까지 예상보다 느리게 도착하면 좋겠다고 생각했다. 버스에서 내리는 순간 나는 또다시 치열하고 분주한 도시의 일상을 살아가야 하므로. 아쉬운 마음을 추스르며 소로우의 《월든》을 펼쳐 들었다. 소로우가 도망쳐 도착한 월든 호숫가처럼, 내가 도망친 그곳에는 이 땅의 끝 완도가 있었다는 은밀한 공감대가 그의 글 한 구절 한 구절을 더 깊이 곱씹게 했다. 이내 책을 덮고 눈을 감았다. 그래도 다시 얼마 동안은 치열하게 살아갈 수 있을 것도 같은 기분이었다. 방전된 배터리를 충전한 것처

럼, 차의 바닥난 기름을 새로이 채운 것처럼 내게 얼마간의
삶을 버텨낼 힘이 생긴 기분이었다.

　일상이 싫어 도망친 그곳에서 다시금 일상을 살아낼 힘
을 얻었다는 것은 참 역설적인 일이다. 하지만 가끔씩은 이
역설 덕에 때때로 벅차고 모진 우리의 삶을 근근이 버텨낼
수 있는 것 같기도 하다. 아니 어쩌면 애초에 일상으로부터
도망치고 싶다는 마음이, 이 벅찬 일상을 더 잘 살아보고 싶
다는 역설적인 마음 그 자체일지도 모를 일이다. 어쨌든 나
의 경우는 결론이 났다. 나는 언제고 또다시 완도에 갈 것 같
다. 모진 일상을 더 잘 살아가기 위해.

여름, 낙산

그해 여름.

별과 달과 저 멀리 보이던 N서울타워의 푸른 불빛이 묵
빛 하늘을 수놓던 낙산의 밤.

가파른 오르막의 끝에 다다른 나와 너는, 우리 앞에 펼
쳐진 이 도시의 온갖 빛에 압도되었지.

해가 져도 여전히 분주한 서울의 밤을 바라보며 함께라
서 참 행복하다는 생각에 물들 때쯤 우연치고는 완벽하게도,
한쪽씩 나누어 낀 이어폰에서는 영화 〈라라랜드〉의 배경음

악 〈City Of Stars〉가 흘러나왔지.

너는 엠마 스톤이 나는 라이언 고슬링이 되어 함께 그 노래를 흥얼거리다가 이내 가볍게 어깨춤을 추었고

"우리한테는 탭댄스를 추는 재주가 없으니까." 능청스러운 나의 말에 "이게 낙산에 더 어울리는걸." 너는 가볍게 어깨를 들썩이며 대꾸했지.

그리고 지금.

그날 밤 낙산에서 약속했던 우리들의 영원한 사랑도, 나를 사랑했던 그때의 너도, 너를 깊이 사랑했던 그때의 나도 없지.

그래도 서울의 밤은 여전히 부산스럽고, 낙산의 밤은 여전히 아름다울 테고, 저 멀리 N서울타워의 불빛은 낙산을 바라보며 푸르게 웃어 보일 테고, 언제고 나와 너는 다른 이의 손을 잡고 다시 낙산에 오를 테지.

나는 그때와는 조금 다른 결말을 위해서 〈City Of Stars〉와는 다른 노래를 틀기로 다짐해.

이를테면 영화 〈라붐〉의 〈Reality〉나 〈비긴 어게인〉의 〈Lost stars〉 정도?

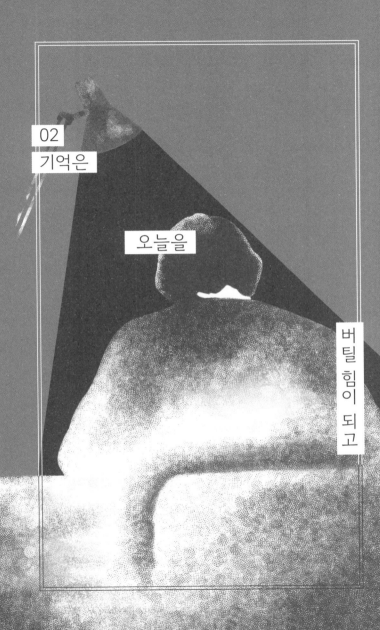

02
기억은

오늘을

버틸 힘이 되고

작고 아름다운 것들을 위하여

살아가는 나날 속에서 생활의 여울물에 휩쓸릴 때, 그러니까 겨를 없는 삶 속에서 수많은 과업과 관계들에 이리저리 치이며 몸과 마음이 헛헛해질 때, 우리는 일상이 주는 작은 기쁨을 잊곤 한다. 사실 우리 삶은 그리 크지 않은 것들로 이루어져 있다는 것을 머리로는 알면서도, 나 역시 대단한 기쁨과 커다란 성취만을 위해 나의 피로를 헌납하고 있는 듯한 기분이 들 때가 많다. 그럴 때면 피천득의 수필에서처럼, 일상을 따라가며 우리의 생활을 이루는 작고 아름다운 것들을 생각한다.

우선 나는 하루를 시작하는 모든 사람들을 차별 없이 비추어주는 아침볕을 사랑한다.

아침볕의 포근함과 따뜻함은 남들보다 이르게 하루를 시작하는 부지런한 사람들의 특권이다.

나는 집 뒤편 프랑스 대사관 뜰 안에서 지저귀는 이름 모를 새의 노랫소리를 좋아한다. 상쾌한 아침 공기와 어우러진 새소리 덕에 경쾌하게 하루를 시작할 수 있다.

나는 부드러운 크레마를 도톰하게 감싸 안은 갓 내린 커피의 쌉쌀함을 좋아한다. 진한 커피의 묵직한 쓴맛은 분주한 하루를 보내라는 다그침이 되기도, 지친 나를 달래는 응원가가 되기도 한다.

나는 한가한 카페의 귀퉁이에 앉아 따뜻한 글을 읽는 것을 좋아한다. 한 구절 한 구절은 내 마음을 푼푼히 채워주기도, 남몰래 눈물을 흘리게도, 입가에 지긋한 미소를 짓게도 한다. 읽던 구절에 손을 대고 옆자리 사람들의 소소한 대화를 가만히 엿듣기도, 적막을 채우는 잔잔한 음악에 손끝과 고개를 까딱 움직여보기도 한다.

나는 분주한 서울 거리를 거닐 때 든든한 벗이 되어주는 음악들을 사랑한다. 기분에 따라 선곡을 바꾸어보기도 하고, 나도 모르는 새에 틀어진 노래가 나의 기분을 바꾸어놓기도 한다. 음악의 그 은근한 힘은 참 매력적이다.

나는 김광석의 노래가 어울리는 작은 노포에 앉아, 오랜 친구들과 변변치 않은 안주에 독한 소주 한잔 기울이는 것을 좋아한다. 함께 나눈 지난날의 슬픔과 기쁨에서부터 다가올 날의 희망에 이르기까지, 취기 어린 이야기는 두서없이 사방으로 흐르지만 마주 앉은 얼굴들의 이완된 표정에서 세상 그 어느 이야기보다도 더 따뜻한 이야기를 듣는다. 울고 싶을 때는 울고, 웃고 싶을 때는 웃으며 마주 앉은 익숙함과 편안함 속에서 내일을 살아갈 힘을 얻는다.

마찬가지로 새로운 인연을 맺는 것을 좋아한다. 처음 마주 앉은 사람과의 어색한 적막과 그 적막을 깨려고 부단히 노력하는 서로의 눈짓은, 그 공간을 가득 채울 만큼의 빛을 내는 듯하다.

나는 사랑하는 사람의 해맑은 미소와 맑은 음성을 좋아한다. 더 맛있는 것을 먹이고, 더 많은 것을 주고, 어렵지만 더 좋은 모습을 보여주고 싶다는 욕심은 그이의 미소와 음성이 주는 잔잔한 행복에서 비롯된다.

나는 "아드-을" 하며 부르시는 어머니의 낮은 음성을 사랑한다. 이미 많은 것을 주고도 더 주지 못해 아쉬워하는 그 모습에, 가슴 한구석이 먹먹해진다.

나는 아버지의 이마에 움푹 팬 주름과, 자연스러운 아치를 그리며 축 처진 양복 어깨를 사랑한다. 가장으로 보낸 외롭고 쓸쓸했을, 무겁고 부담되었을 세월을 보여주는 훈장인 것만 같다. 슬프고 죄스럽다.

나는 이 도시 서울을 사랑한다. 도시의 밤을 비추는 찬란한 불빛과, 저 멀리 달빛의 은근한 아름다움을 느끼며 거니는 밤 산책을 좋아한다. 오래된 골목길과 종로를 종로답게 하는 사람 냄새나는 오래된 시장들을, 오늘도 내일도 바쁘게 살아갈 도시 사람들의 분주함을, 대학가 인근 번화한 술집의 소란스러운 젊음을, 종각 젊음의 거리 혹은 북창동 뒤편 먹자골목에서 한 잔 술에 일상의 설움을 씻어내는 회사원들의 자연스러움을 사랑한다.

나는 예술을 사랑한다. 서점 한구석에 서서 한 구절 한 구절에 웃고 우는 아이들의 귀여운 표정을, 상영이 끝난 영화의 여운에 압도되어 자리에서 일어나지 못하는 극장의 무거운 적막을 사랑한다. 더 나은 글이나 더 나은 음악을, 더 나은 그림이나 더 나은 영화를 세상에 내어놓기 위해, 치열하게 고뇌하는 예술가의 헝클어진 머리를 사랑한다. 얼마간의 시간이 흐른 후 여유가 된다면, 그들이 서로 편하게 소통할 수 있는 공간을 만들고 싶다. 한자리 차지하고 앉아 슬금슬금 그들의 열정을 지켜보고 싶다.

봄에 태어난 나는, 약동하는 봄날의 생명력을 사랑한다. 여름처럼 강렬하지도, 가을처럼 충만하지도 않지만 조용히 모든 시작을 움 틔우는 겸손한 봄을 닮고 싶다. 내가 사랑하는 사람들과, 사랑받아 마땅한 사람들을 묵묵하고 겸손하게 챙길 줄 아는 봄을 닮은 사람이 되고 싶다. 작고 아름다운 것들에 둘러싸인 나의 삶을 감사히 여기며, 작고 아름다운 사랑을 나누며 살고 싶다.

장소를 그리며, 그날의 대천

서울에서 태어나 '서울에 심은 아이'라는 이름을 가진 아버지는, 서울에서 자라 서울에 자리 잡고, 서울에 온 어머니를 만나 서울에서 나를 낳으셨다. 각박한 서울살이에 중간중간 서울 밖으로 내몰린 기억은 있으나, 가봐야 서울과 맞닿은 서인천이었다. 그것도 아주 잠깐씩.

나고 자란 내력 탓에 서울 말고는 달리 고향이랄 데가 없는 나는, 어머니의 고향이자 내 몸에 흐르는 피의 절반이 시작된 짠 내 나는 대천 바다를 가슴에 품고 산다.

보령시로 편입되면서 큰 내라는 옛 이름이 변한 대천이지만, 길게 두른 뻘로 인해 옅은 수심, 잔잔한 파도를 가진 바다는 여전하다. 때문에 대천 바다는 물놀이를 하기에 적당하여, 여름이면 해수욕을 즐기러 온 가족들과 연인들, 통기타와 돗자리 둘러멘 청춘들로 북적인다. 그들에게 대천은 젊음과 낭만, 사랑과 설렘이 가득한 장소일 것이다.

나의 대천은 그들의 대천과는 조금 다르다. 내게 대천은 외할아버지를 닮은 잔잔한 위로이다.

어릴 적 작고하신, 외할아버지는 따뜻한 분이셨다. 말없이 살뜰하고 묵묵하게 식구들을 보살피셨다. 외할아버지는 조잘조잘 대던 철부지 막내 손자인 나를 유난히 예뻐하셨다. 남들에게는 그토록 말씀이 없는 분이셨지만 어린 손자의 끊임없는 조잘거림에는 꼭 대꾸하여 주셨다. 나직하고 부드러운 목소리와 느리고 여유로운 충청도 말씨로.

드르륵 열리는 오래된 미닫이문 소리와, 외할아버지의 헛기침 소리에 눈 비비며 일어난 유년 시절의 기억이 있다.

그런 나를 지긋이 바라보시다가, "넌 차암 부지런한 아이구나." 하시며 조심스레 데리고 나가 볕 잘 드는 툇마루에 앉히셨다. 조잘거리는 어린것을 앞에 두고 외할아버지는 집 뒤편에 기르는 닭들에게 모이로 줄, 보라색 옥수수 알을 옥수숫대에서 떼어내셨다. 닭들은 여름 햇살에 바짝 말린 옥수수를 좋아한다며 빙그레 웃으셨다. 자기도 그 재미난 일을 해보겠다며 떼쓰는 어린 손자의 작은 손에 놓아주신 그 여름날의 옥수수알은, 진주보다도 곱고 탐스러웠다.

어릴 적 대천에 갈 때면 항상 외할아버지와 함께 갯벌에 가 조개를 캤다. 발이 쑥쑥 빠지는 질척질척한 뻘을 어린 손을 꼭 잡고 조심조심 걸어가셨다. 진흙 범벅이 된 고사리 손으로 몇 개의 조개를 캐다 지쳐 저편을 바라보면, 외할아버지는 오래된 페인트통을 가득 채울 만큼의 조개를 캐어놓곤 하셨다. 다시 어린 손을 잡고 뻘에서 돌아와 평상에 앉히시곤 해감한 조개를 화롯불에 구워 먹이셨다.

나는 어미 새에게 먹이를 받아먹는 아기 새처럼, 외할아버지가 주시는 조개를 배불리 받아먹곤, 노곤함에 누웠다가 이내 평상 한 편에 스르르 잠이 들곤 했다.

그때 돌아누운 내 귀에서는 펄에서 들어와 미처 나오지 못했던 미지근한 바닷물이, 나에 대한 외할아버지의 오롯한 사랑처럼 지긋이 새어 나왔다.

외할아버지가 돌아가신 후 내게 대천은 왠지 슬픈 장소였다. 대천에 데려가는 어른들의 표정은 이전과는 달리, 마치 무언가를 잃어버린 사람들처럼 어딘가 어두웠다. 외할머니께서는 이전보다 훨씬 자주 서울에 올라오셨고, 그 때문인지 우리 식구들이 대천에 가는 빈도도 눈에 띄게 줄어갔다.

후에는 아주 기쁘거나 슬픈 일이 있을 때만 드문드문 대천에 갔다. 어린 나는 영문도 모른 채 어딘가 서글픈 기분이 들었다.

참 많이도 벅차던 이십 대의 초입에 나는 다시 대천에 자주 갔다. 바라는 바가 많아 매일매일 '진인사대천명'이라 되뇌며 스스로를 다그치고 진력을 다했으나, 매번 돌아오는 것은 뼈아픈 실패밖에 없던 나날이었다. 돌이켜보면 내일의 나를 위해 끼니는커녕 잠조차도 거른 채로 악착같이 버텨낸 수많은 날들이었다. 그러나 그렇게 계속되는 최선과 그에 대응해 최선을 다해서 내게 다가오는 실패들 탓에, 살아왔다기보다는 살아냈다는 말과, 아니 어쩌면 버텨냈다는 말과 더 잘 조응하는 수많은 날들이었다.

때마침 나를 버티게 해 주던 소중했던 사랑도, 사람들도 하나 둘 떠나갔다. 버텨내려고 발버둥 치는 몸과 마음은 휘청거렸다. 그렇게 휘청이는 몸과 마음으로 닿는 발걸음의 끝엔 언제나 대천이 있었다.

오래된 장항선 열차에 울적한 몸을 싣고 대천에 닿으면, 외할머니께서는 철제 소쿠리 가득 꽃게를 쪄오셨다. 주눅이 든 눈으로 별 말은 없이 살이 꽉 찬 꽃게를 실컷 발라 먹고 누우면 마음과 몸의 헛헛함이 얼마간 채워졌다. 상을 한 편에 밀어 놓고, 어릴 적 그때 그 아이가 된 것처럼 아무 걱정도 없이 노곤함에 졸다가, 해가 지면 가로등 비추는 밤바다를 혼자 거닐었다. 걷다가 다시 이 생각 저 생각에 빠져들 때쯤에 왈칵 눈물이 나오면 바다가 보이는 나뭇등걸에 앉아 주책도 없이 엉엉 울었다. 그럴 때면 외할아버지를 닮은 바다는 더 큰 파도 소리로 덤덤히 나의 울먹이는 소리를 가려주었다. 이렇게 실컷 울고 나면, 내 가슴 한편엔 얼마간의 시간을 더 살아낼 힘이 차올랐다.

그렇게 대천바다는 내가 마음 안 깊은 슬픔의 시간 속에서 걸어 나올 수 있도록, 나를 천천히 천천히 부축해주었다.

나에게 조금은 벅찬 겨울이다. 이 추위가 그치고 봄이 오기 전에 대천에 가야겠다.

또 살아가는 동안 언제고 나에게 주어진 삶의 무게를 버텨내기 힘든 날이면, 나는 대천에 가겠다.

외할아버지를 닮은 대천 바다는 언제나 그랬듯이 오롯한 사랑으로, 덤덤하고 조용하게 잔잔한 위로를 내게 건네며 슬픔을 버텨낼 힘을 줄 것이다. 얼마간의 세월을 또다시 살아낼 힘을 건네줄 것이다.

그리움이 미련이 되기 전에

유난히도 떡볶이를 좋아했던 그 아이가 내게 사랑에 대하여 물어왔을 때, 나는 섣불리 대답을 건네지 못했다.

간이 잘 밴 밀떡을 천천히 씹으며 얼마 동안의 시간을 벌어낸 나는, 수줍게 답했다.

"사랑은 상대방을 보고 싶어 하는 마음 아닐까?"

교복 셔츠에 닿을 듯 말 듯 교묘하게 잘라낸 단발머리를 찰랑이던 그 아이는, 사랑에 관한 나의 어리숙한 정의에도 적잖이 만족한 눈치였다. 어리숙함을 멋짐으로 포장시키는 것, 그것이 바로 사랑의 힘이었겠지.

아침저녁으로 선선한 바람이 불어오던 시월의 끝자락이었고, 첫사랑이었다.

당시 내가 그 아이에게 그런 대답을 했을 이유는 뻔하다. 그 시절 나는, 언제 어디서나 그 아이를 보고 싶어 했으므로. 애써 펼친 참고서의 활자에서도, 무심코 흘러가는 길가의 노랫말에서도 그 아이의 흔적을 찾아 헤매던 시절이었으므로.

인연은 인연이었는지, 무심히 흘러가는 시간들을 견디며 내내 그 아이와의 우연한 만남을 바라고 또 바라던 내게 이내 천금 같은 기회가 찾아왔다. 9월, 추석 연휴가 선사한 기분 좋은 따분함을 이기지 못하고 반 친구들과 시시껄렁한 휴일의 일상을 나누던 메신저 대화방에서 새로 개봉한 공포 영화를 보러 가자는 이야기가 나온 것이다. 다행은 겹겹이 쌓여 우연이라는 기회를 필연으로 바꾸어 놓는지, 다 같이 모이기로 약속했던 신촌의 영화관에는 결국 그 아이와 나 둘밖에 오지 않았다. 기뻤으나 섣불리 그 마음을 내색하지 못하던 열일곱 소년과, 어리둥절하게 우리에게 벌어진 우연의 의미를 헤아리던 열일곱 소녀의 데이트가 시작된 것이다.

흔한 청춘영화의 시나리오처럼, 몇 번의 만남을 더 가지니 서로의 마음은 조금씩 더 가까워졌다. 마찬가지로 흔해빠진 클리셰를 반복하며 우리의 풋풋한 사랑은 점점 무르익어 갔다. 겨울이 다가올수록 몸도 마음도 따뜻해져 가는 희한한 경험은 가을에 새로이 사랑을 시작한 이들의 특권이라는 걸, 나는 그때 알았다.

흐르는 세월 속에서 변치 않는 것이, 그래서 인간의 본질이라 부를 법한 것이 우리에게 있다면 그건 바로 사랑에 빠진 사람들이 서로 나누는 눈빛과 마음 아닐까 싶다. 나이는 어렸지만 사랑 앞에 특별할 것 없었던 그 아이와 나는, 마찬가지로 서로의 눈빛과 마음을 나누며 더 애틋해져만 갔다. 그렇게 별달리 특별하지 않은 사랑의 과정이 만들어내는 가장 특별한 관계 안에서, 우리가 함께 웃는 일이 늘어갔다.

함께 웃는 일보다 어느 한쪽이 우는 일이 더 많아지는 데에는 그리 많은 시간이 필요치 않았다. 둘 사이에 이해보다 오해가 더 많아지고, 서로를 사랑하는 마음보다 각자 앞의 상황이 더 중요해지면서 우리는 점차 멀어졌다. 그 아이의 얼굴에서 도무지 해석할 수 없는 표정들이 늘어갈 때, 그리고 서로에게 말하지 않는 각자의 비밀이 쌓여가는 것을 확인할 때, 나는 사랑의 끝이 가까워짐을 느꼈다. 유행가 가사처럼, 그 슬픈 예감은 틀리지 않았다. 예견된 이별은 현실이라는 모습으로 우리 앞을 찾아왔다.

첫 이별은 너무나도 쓰렸다. 사랑이 주는 기쁨과 아픔이 비례한다는 걸, 사랑의 깊이가 깊을수록 사랑의 상처는 깊게 남는다는 걸, 나는 그때 알았다.

얼마간 이별을 실감하지 못했다. 이별 앞에 화를 내고 헤어짐을 부정했다. 이토록 쓰린 하루하루는 우리 둘 사이에 놓인, 그러나 언젠가는 다시 극복할 수 있는 아주 잠시 동안의 시간이라고 스스로를 다독였다. 그러던 어느 날, 이제는 아무리 그 아이가 보고 싶어도 볼 수 없다는 사실을 깨달았을 때, 비로소 내 몸과 마음은 무참하고 비참하게 무너졌다.

애타게 불러도 그 아이는 오지 않았다. 나의 그리움은

도리어 그 아이를 아프게 했다. 그리움이 그 대상과의 재회 가능성을 완전히 잃었을 때, 그것은 더 이상 그리움이 아니라 미련이 된다는 것을 안 뒤로는 그 아이를 마음껏 그리워할 수조차 없었다.

그 헤어짐에서 느낀 이별의 가장 무참한 점은 우리에게서 상대방을 마음껏 그리워할 권리를 앗아간다는 것이다. 사람에 대한 사람의 그리움은 우리가 함부로 어쩔 수 없는데도, 그래서 우리는 아직 상대방에 대한 구체적인 애틋함과 향수를 기억 속에서 쉽게 도려낼 준비가 되어있지 않는데도, 이별은 그래야만 한다고 우리를 부추긴다.

그 무참함 속에 허우적거리길 반복하며 몇 번의 사랑을 스쳐 지나는 동안에도 사랑에 대한 나의 정의는 바뀌지 않았다. 내게 사랑은 그 아이가 좋아하던 그때의 정의 그대로, 여전히 상대방을 보고 싶어 하는 마음이다. 언제 어디서나 상대방을 그리워하는 마음이다.

다만 그때와는 달리 이제는 알겠다. 그 그리움의 기회는 역시나 사랑이 이어질 때까지만 우리에게 허락된다는 것을.

그렇다면 결국 사랑이 유한하다는 건 그리움이 미련이 되기 전에, 아직 내 곁에 있는 사람을, 나를 사랑하고 내가 사랑할 수 있도록 허락해주는 그 사람을 더 많이 그리워하라는 뜻일지도 모르겠다.

엄마의 취향

3년, 나의 수험생활은 남들보다 세 곱절 정도 길었다.

대학을 가기 위해 재수도 모자라 삼수까지 했기 때문이다. 이것은 나의 아픔이기도 하고, 되려 자랑스러운 훈장이기도 하다. 일찍이 절망을 체험한 그때의 내가 안쓰럽기도 하고, 본격적인 어른이 되기도 전에 미리 고생을 겪어 이제는 웬만한 일들에는 흔들리지 않게 되었다는 점에서 그 경험이 자랑스럽기도 하기 때문이다.

어렸던 나는 매년초가 되면 기필코 좋은 대학에 가겠다

고 호언장담을 했고, 이 호언장담은 점점 공중으로 멀어지다가 입시 결과가 나오는 겨울이 되면 내게 위협적으로 돌아오는 날카로운 부메랑이 되어 내 가슴을 후볐다. 그 부메랑에 맞아 쓰러질 때쯤이면 고맙게도 많은 이들이 위태로운 나의 곁을 지켜주며 쓰러지지 않도록 붙잡아주었다.

그 중심에서 내게 가장 많은 손을 내밀고, 가장 큰 의지가 되어준 사람은 누가 뭐라 해도 엄마다.

누가 그러던데, 입시는 엄마와 자식이 한 팀을 이루고 치르는 경쟁이라고. 나한테 입시는 엄마와 한 팀을 이룬 것도 모자라, 서로의 발을 동여매고 앞으로 나아가는 2인 3각 경기와도 같았다. 엄마는 내가 넘어질 때쯤이면 내 발을 자신의 얇은 발목에 더 세게 동여매었다. 어쩌면 내가 너무 자주 넘어지는 사람이라 그때마다 내가 쓰러지지 않게 더 질끈 동여맨 끈에, 엄마의 얇은 발목이 상처투성이가 되었을지도 모른다.

3수생의 하루는 이랬다. 새벽 5시 반이 되면 내가 가장 싫어하는 음악이 울린다. 비몽사몽 간에 머릿속에서 내가 애당초 이 음악을 싫어했는지 아니면 알람음으로 쓰여 이 음악을 싫어하게 된 건지 생각하며 자리에서 일어난다.

가벼운 스트레칭을 하고, 곧바로 근처 헬스장에 가서 약간의 유산소 운동을 한 후 찬물을 끼얹어 정신을 차리고 이내 집으로 돌아온다. 집으로 돌아오자마자 엄마가 나보다도 일찍 일어나 준비한 '수험생을 위한 고영양 6첩 반상' 앞에 앉아 몇 술 뜬다. 곁에서 떨어지지 않는 수험생 특유의 불안과 걱정에 음식이 입에 들어가지 않을 때면 어떻게 알았는지 엄마는 "억지로라도 더 먹어." 하며 핀잔을 준다. 엄마의 조금은 강압적인 독려에 힘입어 억지로 밥공기를 싹싹 비워낸다.

그리고 시계가 7시를 가리킴과 동시에 자리에서 일어나 학원으로 향한다. 손에는 엄마가 새벽같이 일어나 싸놓은 샐러드 도시락을 든 채로 말이다. 도시락의 메뉴가 왜 하필 샐러드냐고? 그 이유는 내가 학원에서는 음식을 잘 소화시키지 못하는 까다로운 수험생이었기 때문이다.

이후 하루 종일 이어지는 학원의 정규수업을 듣고, 저녁

간식으로 엄마가 싸준 샐러드 도시락을 꺼내 먹는다. 그리고
는 10시까지 자습을 한다. 수학을 영어를 국어를 사회탐구
를 풀다가...

이내 가방에서 소설을 꺼낸다. 현실에서 조금 떨어진 소
설 속 세계로 슬금슬금 도망친다.

엄마는 그동안 가게에 나가 쉼 없이 일을 한다. 피곤에
찌든 채로 손님을 맞고 돈을 번다. 10시에 집으로 돌아온 나
는 엄마가 시간에 맞게 차려놓은 '수험생을 위한 고영양 6첩
반상'을 먹고 헬스장으로 간다. 가서 12시까지 운동을 하고
돌아오면 내일 아침거리를 준비해 놓은 엄마의 지친 얼굴이
보인다.

이 일과는 본격적으로 수능 준비에 들어가는 1월부터
11월까지, 그러니까 장장 11개월 동안 이어진다. 그 당시
우리 집은 인천으로 잠시 이사해 있던 때인데, 학원이 원래
살던 서울 본가 근처라서 나는 주중을 엄마 가게 부근의 단
칸방에서 지냈다. 엄마는 아들을 잘못 낳은 죄로 매일같이 5

시에 일어났고, 행여 아버지를 따라 인천 집에 가야 할 때면 4시에 일어나 아버지가 운전하시는 차의 조수석에서 쪽잠을 자면서 내게 밥을 해주러 왔다. 이렇게 쳇바퀴처럼 이어진 고된 하루하루는 쌓여갔고, 나는 켜켜이 쌓인 이 시간들을 딛고 마침내 대학에 갔다.

오래 갈망하던 대학생활이었기에 공부도, 놀기도, 연애도, 아르바이트도 부지런히 해냈다. 1학년 1학기 여름방학 때 무려 5번의 여행을 다닐 정도로 여기저기 쏘다녔다.

무언가에 쫓기는 사람처럼, 오래 밀린 빚을 받기 위해 애쓰며 허청허청 다니는 빚쟁이처럼. 이렇게 천방지방 쏘다니는 와중에 내겐 취향이라는 것이 생겼다. 내가 지나온 경험들과 나를 지나간 사람들에 의해 내가 무엇을 좋아하고 싫어하는지가 명확해졌다.

속삭이듯 읊조리며 마음을 움직이는 유재하의 노래, 맛이 씁쓸하지만 그 덕에 내 젊은 삶의 씁쓸함은 아무것도 아닌 것처럼 느끼도록 하는 기네스 흑맥주, 정신이 번쩍 들 만큼 '화~'한 후라보노 껌과 단숨에 기분을 전환시켜주는 상큼한 리콜라 레몬 사탕, 적절한 무게감과 이와는 반대로 기분 좋은 시큼함을 동시에 전해주는 케냐 AA원두, 머리를 띵! 하고 맞은 기분이 들게 하는 마그리트의 신기한 그림들, 윤동주 하루키 황현산 피천득 김애란..내가 사랑하는 작가들의 글, 해석하며 보는 재미를 선사하는 멋진 영화들 등등. 여기저기 다니고 이것저것 겪으며 향유했고 즐기며 내 삶을 윤택하게 하는 그것들을 찾아냈다.

리콜라 레몬 사탕을 입안에서 천천히 녹여 먹으며 점잖은 교수님의 수업을 들은 후, 친구 녀석과 기네스 흑맥주를 나누어 마시고 적당히 취해 집으로 돌아온 어느 날.
우연히 잠에 든 엄마의 얼굴을 바라보았을 때 나는 문득 엄마의 취향에 대해 생각했다. 젊었던 엄마의 얼굴에 나로 인한 주름들이 늘어가는 동안 엄마는 어떤 취향을 갖게 되었을까. 도무지 떠오르는 게 없었다.

적어도 내가 커오는 동안 엄마는 좀처럼 좋아하는 것도,

필요로 하는 것도 말한 적이 없었다. 물론 내겐 엄마가 자신의 취향을 위해 돈을 쓰는 걸 본 기억도 없었다. 꾸준히 돈을 벌었고 나와 누나, 그리고 아버지를 위해서는 꾸준히 돈을 써왔으면서 정작 자기 자신을 위해서는 돈을 써본 적이 없는 사람, 혈혈단신 시골에서 올라와 특유의 억척스러운 생활력으로 이 도시에 자리 잡고 자식들에게 부족함 없는 미래를 선물하는 동안 스스로 오늘의 취향을 내일로 미룬 사람. 그 사람이 나의 엄마였다.

그걸 생각하고 난 뒤 나를 기쁘게 하던 나의 취향들이 얄밉고 한없이 부끄러웠다. 그리고 엄마에게 더 이상 부끄럽고 싶지 않았다. 엄마가 나와 식구들을 위해 희생한 하루하루를 보상해주고 싶었다. 엄마에게도 멋진 취향을 선사하고 싶어졌다. 그 이후로 내게는 어디를 가든 엄마가 좋아할 만한 것들이 있는지 살피는 습관이 생겼다. 길을 걸으며, 서점에서, 여행지에서, 빵집에서, 카페에서 엄마의 취향에 들어맞을 것들이 있는지를 살피게 되었다.

자전거를 몰고 나선 산책길에서 엄마가 좋아할 만한 카모마일 차를 사본다. 아버지를 보러 간 종로5가에서 엄마를 웃게 할 꽃다발을 산다. (물론 엄마는 꽃다발보다는 키울 수 있는 화분을 더 좋아할 텐데 하며 후회하기도 한다) 요즘 내 또래가 좋아하는 설빙 빙수나 서브웨이 샌드위치를 사서 엄마의 가게로 달려가기도 한다. 또 내가 좋아하는 케냐AA 원두를 사서 진한 커피를 내려 엄마에게 건네기도 한다.

엄마가 내게 건네준 사랑과 희생을 다 갚을 순 없겠지만, 엄마에게 남은 시간들을 행복으로 채워주고 싶다. 그게 나를 위해 자신의 오늘은 희생한 엄마에 대한 최소한의 예의일 테니까. 그 때문에 나의 '엄마 취향 찾기 프로젝트'는 앞으로도 쭉 이어질 것 같다.

다음 휴일에는 엄마와 함께 신촌 미분당에 가야지.

엄마는 쌀국수를 처음 먹어볼 테니까, 고수는 빼고 달라고 해야겠다.

나의 작은, 작은이모

작은이모를 떠올리면 언제나 마음 한편이 따뜻해진다.

엄마가 그 먼 시골에서 서울로 올라와 처음 자리 잡기 시작했을 때부터 동생인 작은이모와 함께 지냈다고 하니까, 이모는 아마도 내가 엄마의 배 속에 있던 시절부터 나를 봐 왔을 것이다.

이모는 나의 바쁜 아버지와 엄마를 대신해서 누나와 나를 여기저기 데리고 다녔다. 지금 생각해보면 그때의 이모는 나만큼, 아니 어쩌면 나보다도 어린 나이였을 텐데 조카들을 위해 많은 시간을 내어주면서도 싫은 내색 한 번 하지 않았다. 내게 이모는 그런 사람이다. 하염없이 선한 사람.

그 덕에 어린 내가 처음 경험하는 것들에는 대부분 이모가 같이 있었다. 처음 극장이란 델 가본 것도, 처음으로 유행하던 패밀리 레스토랑에 가본 것도, 지금은 CGV가 된 신촌의 한 극장 앞에서 난생처음 연예인을 본 것도 모두 이모와 함께였다.(그때 본 연예인은 부활의 김태원 아저씨였지 아마) 이모는 나의 친구였고, 항상 바쁜 엄마를 대신해주는 또 한 명의 엄마이기도 했으며, 깨지기 쉬운 어린아이들의 동심을 온몸으로 지켜준 울타리였다.

늘 친구 같던 우리 이모가 현명한 어른이라는 걸 깨달은 건 얼마 되지 않았다. 다른 이들보다 조금은 유난스러운 성장통을 겪은 스무 살 언저리, 최선을 다해도 최악의 상황만 자꾸 다가오던 그 시기에 난 참 많이도 방황했다. 되는 일이 하나도 없다는데서 느끼는 분노의 감정은 여느 아들들이 그러는 것처럼 아버지에 대한 원망으로 이어졌다. 그런 마음은 하루하루 지속되었고, 내 불행의 이유를 찾기 위해 떠올린 무고한 아버지를 미워하는 일은 나를 매일 더 깊은 불행으로 몰아세울 뿐이었다. 그때 그 불행을 끊어준 사람은 어김없이 이모였다.

당뇨로 오래 앓던 아버지가 갑작스러운 합병증으로 눈 수술을 해야 했던 여름날, 환자가 택시는 무슨 택시냐며 멀리 김포에서 서울까지 차를 몰고 와 아버지와 나를 태워주던 정 많은 우리 이모. 그날 아버지를 병원에 입원시키고 돌아오는 차 안에서 이모와 나누었던 대화는 휘청이던 그 시절의 나를 구원했다.

별일 없냐는 이모의 물음에, 나는 믿음직한 신부님께 고해성사를 하는 열렬한 신자처럼 아버지에 대해 가진 모든 고민과 불만을 털어놓았다. 여느 어른들처럼 함부로 나무라거나 쉽게 재단하지 않고, 행여 어린 조카의 마음이 다치진 않았을까 조심히 듣고 있던 이모는 이모의 아버지, 그러니까 나의 외할아버지에 대해 이야기하며 나를 다독였다.

이모는 이모에게도 방황했던 시절이 있었다고 이야기했다. 또 지금의 나처럼 아버지가 원망스러운 적도 많았다고 했다. 자신에게 다가오는 수많은 실패가 이모가 가진 환경 탓인 것만 같이 느껴져 아버지가 미웠던 적이 있었다고 했다. 그런데 어른이 되고 다시 몇 번의 실패를 겪다 보니 '나름의 최선'이라는 말을 생각하게 되었다고 내게 말해주었다. 나의 아버지도, 이모의 아버지도 '나름의 최선'을 다하기 위해 외로운 싸움을 했을 거라고, 뜻대로 되지 않는 상황을 어찌해보려고 힘겹게 하루하루 살아냈을 거라고. 그것을 알게 된 이후로 이모는 아버지가 밉기보단 안쓰러워졌다고 내게 알려주었다.

그날 이모와의 대화 이후로 나는 나를 위해 늙어간 아버지의 주름진 얼굴을 사랑으로 바라보게 되었다. 아버지를 이해하게 되었고, 아버지도 '나름의 최선'을 다하기 위해 많이 외로웠을 거라는 점을 생각하게 되었다. 그리고 아버지라는 뿌리를 가진, 앞으로의 생에서 아버지와 같이 '나름의 최선'을 다하며 홀로 외로워할 나 스스로를 조금 더 사랑하게 되었다.

이제 이모에게는 두 아이가 있다. 거진 20년을 막내로 지내온 나에게 찬수와 지수라는 이름을 가진 귀엽고 천진한 동생들이 생겼다. 두 아이를 생각하면 내 입가에는 괜스레 미소가 떠오르고 이 아이들에게 무엇이라도 더 해주고만 싶다. 내게 생긴 첫 동생들이라는 것보다 더 큰 의미를 가진, 내가 사랑하는 작은이모의 아이들이기 때문이다.

이모에게 받은 사랑을 이 아이들에게 모두 다 전해줄 수는 없겠지만, 적어도 이 아이들이 커가는 과정에서 의지할 수 있는 어른이고 싶다. 찬수와 지수가 눈치 보지 않고 해맑은, 그야말로 아이다운 아이로 커갈 수 있도록 튼튼한 울타리가 되어주고 싶다. 이모가 내게 해 준 것처럼 이 아이들의 하루하루를 맑게 채워주고 싶다. 아이들의 하루는 어른들의 하루보다 길 테니까. 그게 내게 건네준 이모의 사랑에 보답하는 유일한 길일 테니까.

아빠를 닮았네

처음으로 스스로의 철듦에 대해 자각했던 때를 떠올린다. 그날은 무심히 바라본 거울 속 나의 모습에서 아빠의 얼굴이 보였고, 아빠의 삶이 어떤 궤적을 그리며 이어져왔을지 또 그 과정에서 얼마나 많이 외롭고 고되고 울고 싶었을지, 아빠의 아빠가 얼마나 보고 싶었을지를 생각해본 날이었다.

서울에서 태어나 '서울에 심은 아이京植'라는 이름을 가진 나의 아빠는 그 이름에 걸맞게 내가 사는 이 도시 서울을 닮은 사람이다. 매일같이 분주하고 더러는 외롭지만 존재 자체로 찬란한 낭만의 빛을 발산하는 서울. 내가 느끼는 아빠도 그렇다.

특히 아빠는 자신의 인생에서 가장 오랜 시간을 보낸 종로를 닮았다. 온갖 사람들의 온갖 사연이 모이는 곳. 한때 8학군이 있었고, 수많은 다방이 있었고, 그 다방에 모여드는 젊은이들이 있던 곳. 갖은 물건을 파는 시장들이 이어지고, 누군가의 엄마와 아빠가 그 시장에서 매일같이 분주한 삶을 살아내는 곳. 그러니까 청춘과 사랑과 지성과 생활이 공존하고 그 때문에 온갖 아픔도 기쁨도 슬픔도 노여움도, 살아내기 위해 터득할 수밖에 없었던 기민함도 그 삶을 살아내며 쌓여간 피로감도 있는 곳. 삶에서 유독 많은 굴곡과 모순을 겪어낸 나의 아빠는 종로를 닮아있었다. 사람이 한 장소에 오래도록 머무르면 그 장소를 닮아간다는 사실을, 나는 아빠를 통해 배웠다.

아빠의 아빠는 아빠가 7살 때 돌아가셨다고 한다. 사람도 술도 명예도 좋아하시던 그분은 일제강점기부터 해방, 전쟁으로 이어지는 지난한 한국 현대사의 굴곡을 온몸으로 통과해내느라 지금의 아빠보다 훨씬 더 이른 나이에 세상을 떠나셨다고 한다. 그때 아빠는 죽음의 의미도, 죽음이 가져올 변화들도 모른 채 아버지를 멀리 평내의 공동묘지에 묻을 수밖에 없었던 어린 소년이었을 것이다. 어른이 된 나도 힘에 부칠 때면 아빠에게 찾아가 쫑알쫑알 하소연을 하는데, 힘들 때마다 붙잡고 울 든든한 아빠가 없었던 그 소년의 성장과정은 얼마나 쓸쓸했을지 나는 도무지 상상조차 할 수 없다.

아빠는 자신이 이고 살아온 이 결핍이 많이도 슬펐던 것 같다. 그래서인지 자신에게 주어진 '아빠'의 역할에 늘 최선을 다했다. 부모가 되어 어린것들이 몸을 뉘일 곳을 마련하고 녀석들의 입에 음식을 넣어주는 일은 언제나 고된 숙제일 것 같다. 아빠는 모범생처럼 그 숙제를 매일매일 성실하게 해냈다. 매일 같은 시간에 일어나 종로에 가서, 저마다의 욕망과 사치와 허영과 행복을 채우려고 아빠의 가게에 들른 손님들에게 귀금속을 팔며 악착같이 돈을 벌었다. 그렇게 성실하게 생활을 일구는 와중에도 틈을 내어 누나와 나에게 더 넓은 세상을 보여주기 위해서 지친 몸을 일으켰다. 우리 식구는 주말이면 아빠의 차에 올라 교외로 나가 이것저것 경험했고, 그마저도 겨를이 없을 때면 하다못해 가게 지척에 있는 청계천으로 가 흐르는 개울물에 발을 담그고 물장구를 쳤다.

또 자식들이 먹고 싶다는 음식이 있으면, 한 여름이나 한 겨울의 퇴근길에도 집에 오는 길과는 반대 방향으로 한참을 걸어가 두 품 가득 사 왔다. 그때 아빠가 사 오던 백제 정육식당의 육회와 창신시장 호남집의 곱창, 그리고 종묘 앞에서 파는 전병은 지금도 내가 가장 사랑하는 음식이다.

아빠가 '나름의 최선'을 다한다는 사실을 모르던 철부지 시절에는 아빠가 밉고 원망스러웠던 적도 많았다. 울긋불긋 여드름 가득한 얼굴과 '나 건드리지 마시오'라는 말을 온 몸으로 표현하며 집집마다 구석진 곳을 한 자리씩 차지하고 있을 법한 여느 아들들처럼, 내게도 어김없이 찾아온 사춘기 시절을 나는 그렇게 보냈다. 아빠는 사춘기 아들이 쏘아대는 무례의 과녁이 되었고, 나는 매일 같이 아빠의 돈 없음을, 아빠의 사람 좋아함을, 아빠의 술 좋아함을, 아빠의 잔소리를 탓하며 원망의 화살을 쏘아댔다. 호르몬의 급격한 변화가 만들어낸 소년의 마음속 분노를 그렇게 풀어내는 동안 죄 없는 아빠는 영문도 모른 채 나의 툴툴거림을 묵묵히 들어주어야 했다.

아빠의 그 묵묵함이 미웠던 나는 더 못된 말이, 아빠에게 더 상처가 되는 말이 무엇일까 매일 궁리했다. 그리고 이내 그 못된 심보가 집약된 말을 찾아냈다.

"아빠는 아빠가 일찍 돌아가셔서 아빠의 역할을 잘 모르는 것 같아."

나는 마침내 사춘기라는 사실이 면죄부가 되는 수준을 넘어선 그 말을 뱉어냈다. 아빠는 별다른 내색 없이 그 못된 말을 들었지만, 아마 그 말은 공중에서 날카로운 파편으로 흩어져 아빠의 가슴에 박혔을 것이다. 다른 사람도 아닌 나를 위해 사는 사람에게, 자신의 결핍을 아들이 겪지 않도록 매일의 최선을 다하는 사람에게 그 말이 얼마나 잔인한 말이 될지도 모른 채 어리석은 나의 입은 그 말을 뱉어냈다. 지금 아빠는 사춘기 아들의 그 치기 어린 말을 잊어버렸을 수도 있겠지만, 내게 그 말을 한 날은 처음으로 부모의 가슴에 대 못을 박은 날로 기억된다. 단순한 철없음으로는 도저히 무마 할 수 없는 그 말로 인해 나는 평생 최선을 다해서, 나의 말 이 만들어낸 빚을 갚아야 할 처지가 되었다.

아빠는 지금의 나처럼 여기저기 다니며 이것저것 보고 겪는 것을 사랑하는 사람이다. 또 자신이 가진 충만한 사랑 을 이 사람 저 사람에게 나누고 싶어 하는 정 많은 사람이기 도 하다. 그토록 호기심도, 경험에 대한 욕심도 많은 아빠가 자식들을 위해 스스로의 호기심과 경험을 얼마나 유예해 왔 을지를 생각한다. 아빠의 그런 성격을 쏙 빼닮은 나는 그 과 정에서 아빠가 얼마나 괴롭고 고통스러웠을지를 안다. 다만 아빠의 유예된 경험들을 어떻게 보상해주어야 할지는 여전 히 내게 어려운 숙제이다.

어느덧 60줄에 들어선 아빠는 최근 들어 한 명 한 명의 소중한 사람들을 떠나보내고 있다. 친구를 잃는다는 게, 또 오랜 시간 동안 굴곡과 모순을 함께 견뎌온 소중한 사람들을 잃는다는 게 얼마나 외롭고 쓸쓸한 일일지 짐작조차 할 수 없는 나는 다만 넘겨짚은 아빠의 감정을 걱정할 뿐이다. 아빠가 덜 쓸쓸하고 덜 외로웠으면 좋겠다.

그래서 나는 아빠의 친구가 되기로 했다. 37살의 나이 차가 나는 친구 말이다. 아빠가 좋아할 만한 것들을 상상하고 아빠가 좋아할 장소를 생각한다. 아빠가 좋아하는 영화를 예약하고, 아빠가 좋아할 만한 음식을 사서 아빠가 있는 종로로 간다. 아빠가 유예해온 많은 경험들을 더 즐겁고 신나는 일들로 갈음해주기 위해 아직 많이 부족할 '내 나름의 최선'을 다한다. 아빠가 그 나름의 최선을 향유하면서 오래도록 건강하길 기도한다. 훗날 아빠의 아들이 다시 아빠가 되어, "너도 너희 아빠를 닮아 참 좋은 아빠가 되었구나."라는 말을 들을 때까지 아빠가 나의 곁을 오래도록 지켜주기를 소망한다.

어쩌다 선배

　겨우내 꽁꽁 얼어있던 땅은 어느새 아지랑이를 뿜어내고 군데군데 초록의 새싹을 움틔운다. 계절은 벌써 봄의 무대다. 약동하는 봄날의 볕을 잔뜩 머금은 3월의 캠퍼스는 막연한 기대감으로 충만하다. 캠퍼스에 들이친 봄기운에 봄날의 아기곰처럼 기분이 좋아진 나는, 볕이 잘 드는 나무벤치에 걸터앉아 동기 녀석과 반가운 대화를 나눈다. 지난겨울 그와 내가 부지런히 지나온 각자의 사랑에 대해, 방학 동안 그가 다녀온 여행지에 대해, 내가 여행에서 보고 겪은 수많은 사람들과 장소들에 대해, 우리가 이따금 만나 술잔을 기울이며 지새웠던 추운 겨울밤들에 대해.

　　대화가 봄볕에 그을려 점차 무르익고, 나란히 앉은 우리들이 어쩌면 지난겨울보다 조금 더 멋진 어른이 되었을지도 모른다는 착각에 빠질 때쯤, 신입생 몇몇이 저 밑에서 이 편 언덕으로 올라오는 모습이 보인다.

　　캠퍼스의 경사가 얼마나 요란한지 미처 몰랐을 가엾은 여자 새내기는 높은 하이힐을 신고 낑낑대며 언덕을 오른다. 아직 화장이 익숙지 않은지 허옇게 뜬 얼굴을 연신 구기며 걷는다. 이에 질세라 길들지 않은 워커와 롱코트로 잔뜩 멋을 낸 남자 새내기는 아직 빠지지 않은 파마약 냄새를 풍기며 연신 언덕을 오른다. 그들의 풋풋한 등반을 지켜보며 동기 녀석과 나는 우리가 어느덧 선배가 되었음을 실감한다.

　　마찬가지로 채 길들지 않은 구두를 신고 연신 캠퍼스의 언덕을 오르던 몇 해 전의 나, 짧으면 짧다고도 길면 길다고도 할 수 있을 지난 대학생활에서 나는 얼마나 자랐을까.

　　남들보다 조금 늦은 나이에 대학에 들어온 탓인지 나는

대학에 대한 막연한 환상을 품고 새내기 생활을 시작했다. 그토록 바라던 대학생활에 걸맞게, 학기가 시작되면 마음이 잘 통하는 동기들 그리고 선배들과 허허실실 웃는 일들만 가득할 것이라고 믿었다. 그러나 대학에서의 첫 학기는 나의 이러한 환상을 무참히도 깨버렸다. 친근함의 기술이 미숙한 탓인지 서로 잘 알기도 전에 너무나도 많은 것을 털어놓는 사람들과 그 사람들 틈바구니에서 어울리기 위해 마찬가지의 무례함을 내비치게 되는 나. 사람을 만나고 사람과 친해지는 일이 경쟁처럼 되어버린 혼란스러운 대학사회, 아주 풋풋한 나이인 스무 살의 언저리에 벌써부터 더 좋은 평판을 갖기 위하여 서로 악의적인 행동을 주고받는 모습들. 학생사회에 깊이 다가갈수록 그 모습들에 진절머리가 났고, 학생사회를 지키고 있는 사람들보다 학생 사회를 떠나는 사람들 쪽으로 마음이 기울었다. 한 학기가 채 지나기 전에 대학생활에 지친 나는, 학교에 가는 일이 점차 싫어졌다.

P형을 만난 건 그때였다. 군대를 막 제대하고 대학에 복학한 세 학년 선배, P형과의 조우는 나의 대학생활을 완전히

뒤바꾸어 놓았다. 그날은 한 선배와의 식사자리를 갖게 된 날이다. 미처 거절하지 못한 그 자리에 부랴부랴 가고 있던 중, 그 선배로부터 연락이 왔다. "우리 과에 P선배가 복학했는데, 내 친구 B랑 오늘 식사 약속이 있다네, 다 같이 친해지면 좋으니까 같이 먹자고 했어! 괜찮지?" 아뿔싸! 그저 간단히 밥을 먹고, 황급히 집으로 가려 한 나의 계획이 수포로 돌아간 순간이었다. '그래.. 인사치레로 몇 잔 받다가 집에 가자, 그 뒤 동네로 고등학교 동창들을 불러내서 편하게 마시자' 속으로 생각하며 불편한 마음을 무겁게 든 채 그 자리에 갔다.

자리는 예상과는 달리 화기애애했다. 술을 진탕 마신 '주선자' 선배 둘은 이미 취해 제정신이 아니었다. P형과의 깊은 대화가 시작된 건 그때였다. 나는 취기를 빌려 무언가에 홀린 사람처럼, 내 마음속에 있는 말들을 다 털어냈다. 왠지 P형에게는 그래도 될 것 같았다. N수를 하면서까지 어렵게 온 대학생활이 예상과는 너무나도 다르다고. 이 얕고 피상적인 관계의 틈에서 어디에 정을 붙여야 할지 모르겠다고.

나는 말하고 P형은 들어주었다. 나는 서러웠고, P형은 나를 다독여주었다. P형은 자신의 새내기 생활도 그때의 나와 같았다고 말해주었다. 자기도 사람에게 상처를 받을수록 점점 더 마음의 문을 닫고 소수의 몇 명과만 친해지게 되었다고 말해주었다. 너는 틀린 게 아니라고, 너는 나와 참 많이 닮았다고, 네가 틀렸다면 나도 틀린 게 되니까 적어도 너 혼자만 틀린 것은 아니라고, 그럼에도 너의 열린 마음을 조금 더 지켜나가라고 그렇게 얼마간의 시간이 지나고 나면 너의 진가를 알아보고, 스스로의 진가를 내비치는 사람들이 분명히 네 곁에 올 거라고…

그날의 술자리가 어떻게 끝이 났는지 아직도 모른다. 분명한 것은 내가 대학에 들어가 처음으로 마음껏 취할 수 있던 밤이었다는 사실이다.

그 뒤로 P형을 졸졸 쫓아다니는 나의 대학 생활이 시작됐다. P형은 형 말대로 '진가'가 보이는 따뜻한 사람들 곁에 나를 데려갔다. P형덕에 대학 사람들에 대한 나의 경계심이 점차 낮아지는 나날이었다.

P형은 형이 많이 아낀다는 H형에게로 나를 데려갔다. P형보다 한 살 어린 H형도 나와 같은 고민을 했던 사람이라고 내게 소개했다. 그와 함께 몇 잔의 소주를 비우며 나는 생각했다. H형에게는 나와 닮은 구석도, 내가 닮고 싶은 구석도 참 많다고. 그는 내가 했던 고민들을 먼저 겪었고 그 때문에 여러 번 휘청인 사람이었다. 그럼에도 나와는 달리 계속해서 사람들 앞으로 나아간 사람이었다. 사람들에게 상처를 받는 것이 마찬가지로 힘들고 두려워도 '관계'를 회피하지 않고 그 상처를 굳은살로 만들 줄 아는 사람이었다. 내게는 없던 대담한 근성이었다. 졸졸 쫓아다닐 사람이 한 명 더 늘어난 순간이었다.

그날 이후 몇 번의 술자리에서 몇 짝의 소주를 함께 비우며 내 마음에 있던 생채기들은 형들의 따뜻함으로 채워졌다. 그 덕에 어느새 제 모양을 회복한 내 마음에서는 다시 사람을 향해 손 내밀 용기가 생겨났다.

P형과 H형은 내가 대학에서 처음으로 본 '선배다운 선배'들이다. 본인들이 겪었던 어떤 종류의 아픔이나 괴로움

(주로 인간관계에서 비롯된)도 후배가 겪지 않도록 몸소 커다란 울타리가 되어주는 사람들이다. 후배가 곤경에 처하면 든든한 방패가 되어주고, 혹여나 지친 기색이 보이면 언제고 나타나 마음을 다독여주는 따뜻한 선배들이다. 선배라는 지위는 그저 시간이 부여해준 것이라며 혹여 본인들의 행동이 후배에게 부담이 되지는 않을지 늘 경계하면서도, 궂은일이 생기면 이런 건 선배가 해결하는 것이라며 '책임감에서 비롯된 위악'을 부린다. 이렇게 따뜻한 그이들은 '선배'라는 존재에 대한 존경과 애틋함을 처음 느끼게 해 준 고마운 사람들이다. 나아가 형들과의 만남은 더 많은 선배들에게 먼저 다가가 손 내밀 수 있게 해 준, 그리하여 많은 소중한 이들을 새로 얻을 수 있게 된 일종의 계기였다.

새내기 시절에는 미처 길들지 않았던 구두가 내 발에 꼭 맞는 모양이 되었을 무렵, 내가 '형' '누나' '선배'라고 부르던 이들은 하나 둘 캠퍼스를 떠나가고, 도리어 내가 '형' '오빠' '선배'라고 불리는 일들이 늘어났다. 이렇게 후배들에게 '선배'라고 불릴 때면 나의 소중한 형들을 생각한다. '선배'

라는 말의 무거움을 생각한다.

　어쩌다 선배가 된 나에게 한 가지 소박한 목표가 있다면, 나 또한 후배들에게 '선배다운 선배'가 되어주고 싶다는 것이다. 후배들에게 진심에서 비롯된 따뜻한 말을 건네고, 언제고 다가와 지친 마음을 비빌 얕은 언덕이 되어주고 싶다. 사람에게 받은 상처를 치유해주고, 또다시 사람 곁으로 다가갈 수 있는 용기를 건네주고 싶다. 내가 겪은 괴로움과 서러움을 그들은 겪지 않도록 그들에게 지혜로운 길잡이가 되어주고 싶다. 많이도 미숙할 그들이, 그래서 스스로 많이도 작아질 그들이 '소중한 존재'라는 사실을 느끼도록 귀하게 대해주고 싶다. 그들이 자신감을 가지고 새로운 환경에 익숙해질 때까지 묵묵히 곁을 지켜줄 줄 아는 따뜻한 사람이 되어주고 싶다. 어쩌면 그것이 내가 형들에게 느낀 고마움을 갚을 수 있는 유일한 길일지도 모르겠다.

고등어 단상

엄마는 자반을 구우셨다.

고루 달궈진 프라이팬은 치이익 소리와 함께 금세 고소한 살코기의 냄새를 풍겼다.

요사이 생활의 흔적에 찌들어 도무지 엄마를 볼 틈도 없던 나는 아주 오랜만에 엄마 밥을 먹었다.

고소한 기름과 짭조름한 간이 잘 밴 고등어를 나는 계속해서 씹었다.

찝찔한 고등어를 씹다가 목이 멜 때쯤 자연스레 든 막걸리 한 잔. 이 험한 세상마저 꿀꺽 넘길 수 있을 정도로 시원했다. 내 입 안에서 엄마 밥과 막걸리는 서로 오래된 친구인 양 잘 어울렸다. 그 훈내나는 조화로 내 지친 속을 든든히 채워주었다.

고등어를 씹는 내게 엄마는 말씀하셨다.

"동네 도둑고양이가 냄새 맡고 왔나 보네, 젓가락으로 한 덩이 이리 줘보렴."

아무래도 비릿하고 고소한 고등어 냄새를 맡은 지척에 사는 고양이가 혹여 먹을 거라도 있나 해서 왔나 보다.

나는 엄마의 내민 손에 제일 도톰한 고등어 한 덩이를 올렸다. 얌체 같은 고양이는 얼마 후 고등어 덩이를 채갔다. 그리고는 마치 우리가 금방이라도 그것을 빼앗아가는 야박한 사람들인 양 뒤도 돌아보지 않고 멀리 더 멀리 달아났다.

"이 근방에서 먹을 줄 알았는데 고등어를 가지고 가버렸네."

서운함이 어린 엄마의 말씀에,

"숨어있는 새끼 주려나 보지."

식사를 다 하시고도 부러 내 앞을 지키시던 아버지는 덤덤히 대꾸하셨고

"정말 그런가 보네."

엄마는 뒤이어 자연스레 답하셨다.

고등어를 씹던 나는 문득 이 대화 속 자연스러운 굴곡이 서러웠다. 멀리 떠난 고양이에게서 보이지도 않는 새끼를 떠올리는 그들의 이야기가 나는 이상하게 슬펐다.

곱씹어 생각해보니, 그 굴곡이 내가 그들의 품 안에서 자라온 세월 탓에 만들어진 것임을 알게 된 나는 차마 고개를 들 수 없었다. 애써 흘깃 바라본 부모님의 표정은 그날따라 평소보다 훨씬 깊은 주름 속에 있는 듯했다.

엄마 밥을 먹으며 나는 서러웠다. 아버지의 말씀을 들으며 나는 구슬펐다.

그날 찝찔한 고등어를 씹던 나의 눈가는 굉장히 찝찔했다.

북아현동 아줌마들

'북아현동 아줌마들' 눈에 나는 여전히 코흘리개 꼬마다. 여기서 '북아현동 아줌마들'이 누구냐고? 내가 나고 자란 고향 서울 서대문구 북아현2동에 살던 여자 어른들을 말한다. 어릴 적부터 그렇게 불러서 내게는 여전히 너무나도 친숙한 이름, 입에 담는 순간 마음이 따뜻해지는 이름, 그 이름이 바로 '북아현동 아줌마들'이다.

어떻게 이름만으로 마음이 따뜻해지냐고? 그도 그럴 것이 그분들은 내가 엄마의 배 속에 있던 시절부터 재개발로 동네가 없어진, 15살이 되던 해까지 거의 매일같이 나를 돌

봐주시던 분들이기 때문이다.

동네 사랑방인 미용실 집 아들이던 나는, 시장에 오고 가며 매일 두세 번씩 엄마 가게에 들르시는 '북아현동 아줌마들' 품에 안겨 자랐다. 아줌마들은 동네 누나, 형들과 한참 터울이 나는 나를 유난히도 예뻐하셨다. 시장에 갈 때면 엄마의 미용실에서 홀로 아장아장 걷고 있던 내 손을 꼭 잡고 가셨다.

"뉘 집 아들이 이렇게 귀엽나, 눈이 아주 똥그랗네." 알면서도 매번 묻는 과일가게 아저씨의 짓궂은 물음에

"내 아들이지, 날 닮아 이렇게 잘났어." 아줌마들은 매번 능청스레 답하셨고 그 덕에 나는 하루에도 서너 번씩 엄마가 바뀌는, 세상에서 가장 많은 엄마를 가진 아이가 되었다.

아줌마들의 왕언니 지물포 아줌마는 맛깔난 전라도식 겉절이를 들고, 부업으로 분식을 만들어 파시는 옆집 비디오 가게 아줌마는 떡볶이가 맛있게 되었다며 한 국자 포장해서, 옷 공장을 하시는 주연이 누나네 아줌마는 손수 껍질을 하나

하나 벗겨낸 고구마순 김치를 담가서, 초롱이라는 이름을 가진 요크셔테리어를 키우시는 영진이 누나네 아줌마는 내가 좋아할 만한 팥빙수, 감자 샐러드, 샌드위치 등등의 간식거리를, 내가 학교에서 돌아올 때쯤이면 각기 바리바리 싸 들고 엄마 가게로 오셨다. 이유는 단 하나, 입이 짧은 나를 먹이기 위해서!

북아현동 꼬마를 향한 아줌마들의 정성 덕분에 우리 집 식탁에는 날마다 새로운 음식이 올라왔다.(물론 그 정성의 최대 수혜자는 늘 우리 아빠였다는 건 아줌마들께 여전히 비밀이지만)

동네 곳곳에 엄마들을 둔 나는 아주 천방지축으로 자랐다. 나이 많은 형들을 제치고 늘 골목대장 자리를 도맡았다. 나이도 어린 내가 자신들을 이리저리 이끌고 다니는 것이 마뜩잖던 형들이 나를 몇 대 쥐어박을 때면, 나는 세상이 떠나가라 울었다. 왜냐하면 그 울음을 듣고 언제나 내 편인 아줌마들이 달려와 형들을 혼낼 테니까. 실제로 미용실 집 아들의 울음이 들리는 곳에는 어김없이 지물포 아줌마가, 비디오 가게 아줌마가, 영진이 누나네 아줌마가, 주연이 누나네 아줌마가 나타나 형들에게 소리치셨다.

"누가 동생을 괴롭히니? 성우 때린 놈 누구야!" 그때마다 형들은 얼마나 억울했을까. 내가 얼마나 미웠을까. 글로 적다 보니 그 형들에게 미안해진다. 그러게 때리지는 말지.(메롱)

바쁜 엄마는, 충만한 사랑으로 아들을 대해주는 동네 아줌마들에게 더 마음을 썼고 그럴수록 아줌마들은 우리 식구들의 더 좋은 이웃이 되어주었다. 그 때문에 엄마의 미용실은 동네 사랑방의 역할을 충실히 해낼 수밖에 없는 처지가되었다. 낮이면 아줌마들끼리 기쁨과 웃음을 주고받는 찻집이 되었다. 문이 닫힌 시간, 말하자면 아저씨들이 일터에서 집으로 돌아와 저녁 식사를 마친 시간이 되면 어른들의 설움을 씻어내는 술집이 되었다. 저녁상을 물린 아빠가 9시에 미용실 문을 닫고 커튼을 침과 동시에, 닭발이며 닭똥집 볶음이며 두 손 가득 안줏거리를 든 아줌마들이 속속 도착하셨다. 그다음으로 빨간 뚜껑의 소주병을 검은 봉투 가득 든 아저씨들이 미용실 문을 여셨다. 물론 그때 아저씨들의 손에는 늘 아이스크림이며 과자며 나를 위한 작은 선물도 들려있었다. (아저씨들이 사 오시는 아이스크림은 늘 메로나 혹은 비비빅이었고, 과자는 뻥튀기 아니면 '뻥이요'였다. 돌이켜 생각해보니 그건 순전히 '아저씨'들의 취향이었다.)

"아저씨 고맙습니다!" 나의 인사를 시작으로 그날도 동네 술판이 벌어진다. 가게 앞을 지나가던 세탁소집 아저씨도, 내 친구 경민이의 아빠인 중국집 배달부 아저씨도 우리 아빠의 손에 이끌려 그야말로 박애주의적인 이 술판의 일원이 된다.

"성우 안 자네? 안녕."

미용실 한쪽 단칸방에서 고개를 빼꼼 내민 나에게 건네는 아저씨들의 안부는 술판에 갑작스럽게 끼어들어 살짝 멋쩍은 그들에게 충분한 입장료가 되어준다. 그 작고 소박한 술판에서 우리 동네 어른들은 함께 안주를 씹고, 안줏거리가 되는 누군가를 씹으며, 오늘의 설움을 씻고 내일의 설움에 대비했다. 어른이 되고 나서야 알았다. 그 술판은 어른들의 삶을 살판으로 만드는 순간이었다는 걸.

참 슬픈 일이지만 그 살판나는 술판은 이제 없다. 가난했던 나의 동네가, 아니 더 자세히 말하자면 다 같이 가난해서 가난한지도 모른 채 살던 나의 동네가 재개발로 사라졌기 때문이다.

다만 그 술판의 틈바구니에서 자란 나는 언제나 북아현동에 가득했던, 인정과 온정의 사람 냄새를 그리워한다. 젊은 내가 와인보다 소주를 좋아하는 이유. 분위기 좋은 바나 펍보다는 허름한 노포를 좋아하는 이유. 이 모든 것들이 다 내가 그 술판을 사랑했기 때문일 테다.

동네가 사라지니 '북아현동 아줌마들'과 마주하는 일이 참 어렵다. 매일같이 살 부대끼며 살던 우리는 살아가다 기쁜 일이나 슬픈 일이 있을 때만 종종 보는 그런 사이가 되었다. 아쉬운 일이다. 그러나 곰곰이 생각해보면 이보다 더 깊은 사이는 없을 것도 같다. 기쁜 일이 생기면 같이 기뻐해 주고, 슬픈 일을 겪을 때는 어김없이 위로를 건네는 사람들이 있다는 건 정말이지 어려운 일이니까.

나를 예뻐하시던 지물포 아저씨와 비디오 가게 아저씨는 돌아가셨다. 영진이 누나와 주연이 누나는 각기 사랑하는 사람을 만나 결혼했다. 이렇게 북아현동 골목대장을 지켜주던 '아줌마들'이 저마다의 슬픔과 기쁨을 통과했다. 흩어져 살지만 여전히 마음으로 이어진 우리는, 그 슬픔과 기쁨들을 함께했다. 가끔 그 함께함이 깨어질 날을 떠올리며 마음 한편이 불안해지다가도 이내 그 불안함을 씻어낸다. 불안함이 짙어지는 날엔 어김없이 엄마가 아줌마들과 만나기 때문이다.

엄마와 아빠가 지난 주말에 주연이 누나네 아줌마 아저씨와 술을 드시고 온 것을 보면, 앞으로도 늘 함께할 것도 같다. 나는 아장아장 걷던 그 시절은 물론 수염이 덥수룩한 지금까지도, 그 함께함 속에서 조금씩 더 어른이 되어간다.

우리에겐 가면을 벗을 곳이 필요하다

텅 빈 방의 적막을 깨고 전화벨이 울렸다.

'휴대전화를 꺼둘걸...'

이미 늦은 후회를 되뇌며 책상 위에 거꾸로 엎어놓은 휴대전화를 뒤집어 발신번호를 확인한다. 혹시나 했는데 역시나 녀석이다. 오늘처럼 마음이 축 처지는 날이면 귀신같이 전화를 해대는 녀석.

올해로 내가 스물여섯이 되었으니까 햇수로는 벌써 23년을 함께 해온 친구, 진우였다.

"갑자기 생각나서 전화했어, 넌 도대체 왜 먼저 전화를 안 하냐?" 녀석이 수화기 너머로 다짜고짜 역정을 낸다.

"왜 무슨 일 있냐? 또 혼자 카페여서, 심심해서 전화했나 보네?"

나는 반가운 마음을 들키지 않으려고 부러 비꼬며 녀석에게 심심한 안부를 묻는다.

"혼자 카페긴 한데 심심하진 않아, 그냥 너 고민 있는 것 같아서 전화했어."

'혹시라도 내 방에 CCTV가 달린 게 아닐까?' 말도 안 된다는 것을 알면서도 이런 상상을 해본다. 그 정도로 녀석은 촉이 좋다. 곁에 있을 때는 물론, 멀리 있을 때도 내 기분을 정확하게 짐작한다.

"결론은 한 가지네, 이 경우에는 술을 마셔야 해. 너 시간 언제 비냐."

내 기분에 대한 그의 예리한 예측과 진단은 언제나 술이라는 하나의 처방으로 귀결된다. 물론 나 또한 바라던 바이다.

"너 같은 성격을 누가 받아 주냐, 나니까 23년 동안 친구 한 거야. 고맙게 생각해."

"너도 썩 둥글둥글한 성격은 아니야. 나니까 너랑 친구 하지."

살가운 악담을 주고받으며 서로의 잔에 술을 따른다. 오늘은 편하게 마실 수 있는 날이니까 잔 가득 술을 채운다. '취하면 신촌 길바닥에서 실컷 뒹굴다 가지 뭐, 쪽팔려도 혼자는 아닐 테니까' 마음속으로 생각하며 빠르게 잔을 비운다. 녀석도 나와 같은 생각인지, 녀석의 술잔은 새로 채워지기가 무섭게 곧바로 바닥을 보인다.

술기운이 적당히 올라왔을 때, 녀석은 은근하게 물어 본다.

"무슨 일인데 그래."

술이 들어가니 용기가 생긴다.

이런저런 일이 있었다고 녀석에게 털어놓는다.

한참을 혼자 떠들던 나는 반대로 녀석에게 묻는다.

"너는 그때 그 일 어떻게 됐어."

이제는 녀석이 한참을 혼자 떠든다.

서로의 말을 들으며 간간이 위로의 눈짓과 공감의 고갯짓을 건넨다. 이렇게 주고받는 독백 속에서 우리의 상처는 얼마간 치유가 된다.

녀석과 나는 한 동네에서 자랐다. 같은 길을 아장아장 걸었고, 같은 간판을 띄엄띄엄 읽으며 한글을 익혔다. 같은 초등학교를 나와 같은 중학교에 진학했다.

비 오는 등굣길도, 눈 오는 하굣길도 함께 걸었다. 어쩌다 소풍이나 수학여행에 갈 때면 나는 늘 녀석의 옆자리에 앉아 녀석의 도시락 속 단골 메뉴인 오징어 동그랑땡을 먹었다. 마찬가지로 녀석도 우리 엄마의, 햄이 잔뜩 든 김밥을 우걱우걱 먹었다.

코 밑에 거뭇거뭇 수염자국이 생기던 고등학생 시절과 각자의 이유로 여러모로 휘청거리던 스무 살 언저리, 그리고 그 뒤로도 녀석과 나는 언제나 서로의 곁을 지켰다.

어릴 적 몇 번 다툰 적은 있었으나, 그 이유는 대체로 나의 모난 성격 때문이었던 것 같다. 언제나 화가 많던 내가,

잘 놀다가도 먼저 화를 내고 느닷없이 사과를 건네면, 녀석은 망부석처럼 오도카니 서서 별 미동도 없이 그 사과를 받곤 했다. 감정과 이성, 급박함과 느긋함, 모남과 둥글둥글함, 거침과 부드러움, 나와 녀석을 설명할 수 있는 말들은 대체로 이렇다. 상반되는 이 단어들처럼 우리 둘은 너무나도 달랐기에 오래도록 함께 할 수 있었다.

같이 자라면서, 녀석은 나의 모난 구석을 둥글둥글 깎아주었고 나는 녀석의 순하디순한 성격을 조금 더 단단하게 만드는 데 일조했다.

짝을 이룬 악어와 악어새처럼, 이러한 공생관계 덕에 우리는 조금씩 자라났다.

서로의 성격을 이해하고, 한편으로는 서로의 성격을 고쳐가며 지내온 세월이 벌써 23년이 되었다. 서로의 울음과 웃음, 슬픔과 기쁨을 지켜보며 같이 울고 같이 웃었다. 때문에 녀석은 나의 가식 없는 웃음과 울먹이기 직전의 일그러진 표정을 안다. 나 또한 녀석의 진실된 웃음과, 씁쓸한 미소 뒤에 숨어있는 서러운 얼굴을 안다. 각자의 진심 위에 어떤 가면을 씌워도 그 가면 뒤에 짓고 있는 표정이 무엇인지 생생하게 느낀다.

그래서 우리는 서로에게 무언가를 숨기려 해도 도무지 숨길 수가 없고, 그 때문에 무언가를 숨길 생각도, 아니 숨길 것조차도 없어진 관계이다. 나는 녀석 앞에서 내 민낯을 드러낸다. 가면을 걸치지 않아도, 내가 가진 마음속 굴곡과 모순을 모두 보여준대도 괜찮을 것을 안다. 녀석도 마찬가지다. 녀석이 가진 욕심과 부족함을 나에게 솔직하게 드러낸다. 가면 뒤 진심을 드러내는 것의 대가가 우리에게는 필요치 않다는 것을, 진심을 드러내도 우리에게는 아무런 해가 없을 거라는 사실을 안다.

가면을 쓰고 살아갈 수밖에 없는 사회라는 생각이 자꾸만 드는 요즘이다.

가면 너머의 진심을 보여주는 이들이 되려 고약한 일의 피해자가 되는 경우가 더러 있다. 진심이 휴지 한 조각보다도 더 쉽게 이용당하고 버려지는 모습이다. 우리는 이런 시대에서 살아남기 위해서, 버텨내기 위해서 나의 진실된 표정과 감정을 감추고 그 위를 인위적인 가면으로 덮는다. 그리고 시시때때로 그 가면을 바꾸어 쓰며 살아간다.

부조리하다는 것을 알면서도 우리는, 누군가의 누구로서, 어딘가의 누구로서 각자에게 부여된 기대에 부응하기 위해 스스로의 모습을 꾸며낸다. 좋은 선배, 좋은 후배, 좋은 직업인, 좋은 사람이 되기 위해 우리는 늘 더 '좋은' 가면을 쓰려 한다.

물론 때와 장소에 맞게 가면을 곧잘 바꾸어 쓰는 것은 엄청난 능력일 수도 있겠다. 진심보다는 사회성이 더 귀한 값으로 환산되는 게 바로 '사회'생활일 테니까.

그러나 그 가면이 우리를 이따금 외롭게 만들기도 한다. 우리는 '무엇이 진짜 내 모습일까'하는 고민 앞에서 끝없이 혼자가 된다.

따라서 우리에게는 잠시 가면을 벗은 채로 마주할 '진실된' 관계들이 필요하다. 가면 뒤에서 숨죽이던 우리의 민낯을 쉬게 하고, 다시 또 가면을 걸칠 준비를 할 이완의 시간이 필요하다.

그 시간 안에서 우리는 조금 덜 외로워진다.

'이것이 진짜 내 모습이지'라고 느낄 수 있도록 귀중한 시간을 건네주는 친구가 있다는 생각에 조금이나마 덜 외로운 밤이다.

"어디냐, 소주나 한잔 하자." 녀석에게 전화를 건네야겠다.

녀석은 여전히 기억에 남아

저마다의 삶에서 숱한 고비를 너끈하게 넘어온 우리 식구들이지만, 단번에 그 모두를 울릴 수 있는 말이 있다. 그것은 바로 '예삐'라는, 다소 촌스러운 두 글자이다.

쌀쌀한 기운이 감도는 가을날의 아침, 화장실서 나온 엄마는 품속에서 하얀 솜뭉치를 꺼냈다. 아직 잠에서 깨지 못한 9살의 어린 나는 졸린 눈을 꿈뻑이며 속으로 생각했다. '저게 도대체 뭐지?' 아빠와 누나는 말없이 빙그레 웃었다. 새벽녘 아빠의 품에 몰래 안겨 우리 집에 침입한 작디작은 생명체가 마침내 우리 식구로 받아들여진 최초의 순간이다.

그날 하굣길은 발걸음이 유난히 가벼웠던 것으로 기억한다. 그저 빨리 집으로 달려가, 하루아침에 내게 생긴 귀여운 선물을 품에 안고만 싶었다.

집에 도착해 보니 녀석은 눈치를 실실 보고 있었다. 벌써 마루에 실례를 해 엄마에게 한 번 혼이 났단다. 엄마는 녀석의 그런 모습이 무진 사랑스러워 녀석 몰래 빙긋 웃고 있었다. 나는 싱크대 아래로 숨어든 녀석을 불러 꼭 그러안았다. 고사리 손으로 녀석의 흰 털을 빗어주며 군데군데 붙어 있는 먼지를 털어냈다. 녀석은 내 품에서 안도감을 얻은 모양이었다. 녀석의 콩닥거리던 심장은 서서히 잠잠해졌다. 내 손을 채우는 따뜻하고 보송보송한 촉감 덕에 나는 나대로, 짙은 행복감을 느꼈다.

그러나 그 행복은 아주 잠시였다. 집 밖에서 인기척이 들리자 녀석은 컹컹 짖어댔다. 어렸던 나는 놀라 방으로 숨어 버렸다. 영문도 모른 채, 자신을 쓰다듬던 손길의 부재를 느낀 녀석은 더 크게 짖어댔다. 그러나 영문을 모르는 건 이쪽도 마찬가지. 아직 아이에 불과했던 나는, 혹여 녀석에게 물리지는 않을까 방에 엎드려 작은 기척조차 내지 않았다. 녀석과 나의 팽팽한 대치를 끝낸 건 누나였다. 학교에서 돌아온 누나는 방에 숨어있는 나를 다독였다.

"사람 소리가 나서 짖은 거야, 안 물어 괜찮아."

그리고는 능숙하게 녀석을 달랬다. 그때가 아마, 살면서 누나와 나 사이에 놓인 3살의 터울을 가장 크게 느낀 순간이 아니었을까 싶다.

그 사건 이후 녀석이 나를 보는 눈빛이 어딘가 달라졌다. 마치 어린 동생을 보는 우리 누나의 익숙한 눈빛이 조막만 한 녀석에게서도 느껴졌달까? 그렇게 한순간 나는 녀석의 보호자에서 피보호자로 전락했다. 그리고 그 뒤로 우리 둘은 장장 13년을 그렇게 지냈다.

"예삐야 오빠 학교 가게 깨워라."

아빠의 말이 들리면 녀석은 내 방으로 들어와 컹컹 짖었다. 때때로 정해진 시간이 되면, 아빠의 말을 듣기도 전부터 나를 깨웠다. 초등학교와 중학교, 고등학교와 재수, 삼수 그리고 대학. 해마다 달라지는 나의 기상시간을 녀석은 귀신같이 알아챘다. 내가 잠시라도 더 자려고 늑장을 부리면 녀석은 이불속을 파고들었다. 잠결에 골이 난 내가 녀석에게 꿀밤을 놓는 경우가 많았는데도 녀석은 쉽사리 물러서지 않았다. 나보다 부지런한 건 늘 녀석이었으므로, 아침나절의 실랑이에서 나는 예삐에게 늘 질 수밖에 없었다.

돌이켜보건대 내가 녀석에게 준 것이라곤, 그저 맛있는 간식을 나누어 주던 것(예삐는 특히 쥐포튀김과 육포를 좋아했다. 이 점에서 나와 취향이 잘 맞았다.), 그리고 녀석의 요구에 맞추어 밥과 물을 주고 간간히 산책을 시켜주던 것밖엔 없었다. 그러나 녀석은 언제나 내게 지고한 사랑의 몸짓을, 다정한 신뢰의 눈짓을 건네주었다. 부모님께 잔뜩 혼이 난 날에도, 친한 친구와 다투어 속상해하던 날에도, 첫사랑이 떠나 슬퍼하던 날에도 녀석은 언제나 내 방에 들어와, 남몰래 울고 있던 나를 물끄러미 쳐다보았다. 그리곤 조용히 내 무릎 위에 올라 한참 동안을 가만히 앉아 있었다. 녀석은 보송보송한

자신의 털을 하염없이 적시는 나의 눈물방울을 모르는 척 견
뎌주었다.

열병처럼 삶을 앓던 스무 살의 나날, 생의 의지도 의욕
도 잃어 스스로를 놓아버리고 있던 내 곁에도 늘 녀석이 있
었다. 세월 탓에 눈도 제대로 보이지 않아 하루 진종일 같은
자리를 지키던 녀석이 새벽녘이면 언제나 내 방 문을 긁었
다. 그 소리에 잠에서 깨 나가보면 언제나 녀석이 문턱에 턱
을 괴고 엎드려 있었다. 처음에는 어딘가가 불편해서 저러나
싶어 녀석에게 자꾸만 무언가를 건네 보았다. 그러나 녀석의
목적은 물도 밥도, 그 좋아하는 산책도 아니었다. 그저 그 자
리에서 묵묵히 나의 온기와 기척을 느끼려는 것 같았다. 물
론 지금까지도 그 시절 녀석의 마음을 헤아릴 수는 없지만,
다만 짐작해 보건대 하루하루 망가져가는 나를 돌보기 위한
녀석의 노력이 아니었을까 싶다. 덕분에 나는 매일 웃었고,
다시 하루하루 살아낼 힘을 얻었다.

대입을 위해 재수와 삼수를 하던 시절, 식구들은 빠른

속도로 늙어가는 녀석에게 거진 하루에 한 번씩 부탁했다.

"예삐야, 오빠 대학 가는 건 보고 가야지. 힘들어도 조금만 버텨줘. 네가 가면 성우가 많이 힘들어할 거야."

아빠도, 엄마도, 내겐 늘 틱틱거리던 누나조차도 서서히 죽어가는 녀석에게 마지막으로 바라는 건 단 한 가지였다. 오랫동안 휘청거려 조금의 슬픔에도 쉽게 무너질 것만 같은 나를 위해 예삐가 부디 더 오래 버텨주는 것. 자신에게 다가오는 죽음의 고비를 능숙하게 넘어주는 것.

그런 식구들의 마음을 아는지, 녀석은 내가 가까스로 대학에 들어 간 그해 봄까지 내 곁을 지켜주었다. 늘어난 기도로 숨을 헐떡이면서도, 눈이 보이지 않아 집안 여기저기에 부딪히면서도, 밥을 잘 넘기지 못해 하루하루 야위어 가면서도 녀석은 자신에게 다가오는 죽음의 순서를 온몸으로 미루었다.

녀석이 떠나던 날을 또렷하게 기억한다. 대학에서의 첫 학기가 시작된 지 정확히 일주일이 지난 3월 9일의 밤, 나는 친구들과 거푸 술을 마셨다. 그토록 바라던 대학생활을 시작했다는 설렘을 만끽하며 새 학기의 시끌벅적한 밤을 보내고 있었다. 그런데 그날의 유쾌한 술자리는 예상보다 일찍 끝이 났다. 그럼에도 나는 집에 가기가 무척이나 싫었다. 평소 같으면 얼른 집에 가 몸을 뉘이고 싶었을 텐데 그날은 무슨 이유에서였는지 나의 귀가를 최대한 늦추고만 싶었다.

자리를 함께하던 친구들을 차례차례 보내고 새로운 친구들을 맞이하는 일을 세 번이나 반복하는 동안에도, 나는 망부석처럼 그곳에 있었다. 그러던 중 휴대전화에 수신 신호가 울렸다.

"아들, 예삐를 이제는 보내주어야 할 것 같아. 지금 바로 집으로 올 수 있니?"

수화기 너머 아빠의 울먹이는 목소리를 듣자마자 내 몸은 그대로 굳었다.

굳은 몸을 허청허청 추스르며 술자리를 빠져나와 다급히 택시에 올랐다. 집에 도착해보니, 녀석은 거친 숨을 몰아쉬며 눈물을 흘리고 있었다. 녀석에게 다가가 울며불며 "예삐야" 하고 부르니 녀석은 천천히 귀를 쫑긋 세웠다. 녀석은 보이지도 않는 두 눈으로, 자신을 에워싸고 마지막 인사를 건네는 식구들을 한 명 한 명 쳐다보았다.

"예삐야, 나는 네가 있어 너무 행복했고 정말 고마웠어. 그동안 나를 돌보느라 고생 많았어. 이제 그만 아파해도 괜찮아."

나는 녀석에게 말했다. 녀석은 내게 답을 하고 싶었는지, 나오지 않는 목소리로 최선을 다해 끙끙거렸다. 그날 밤, 녀석은 처음 우리 식구들에게 와준 날의 모습 그대로, 아빠 품에 안겨 식구들을 떠났다.

녀석이 식구들의 곁을 떠난 지 벌써 3년이 되었는데, 나는 녀석을 생각하면 아직도 눈시울이 붉어진다. 녀석에 대한 기억이 내겐 여전히 생생해서, 내 마음에는 녀석이 남긴 흔적이 너무나도 많아서.

녀석이 내게 건넨 사랑의 눈빛이 나를 더 나은 사람으로 길러냈다는 것을 나는 안다. 나와 마주한 누군가가 혹여 불편하지는 않을까 자주 살펴보는 버릇도, 작고 여린 존재들에게 무언가를 자꾸만 챙겨주려는 모습도, 그렇게 내가 잔정이 많은 사람이 된 것도 다 녀석과 함께 보낸 시간의 흔적이다.

세상에 시달려 마음이 울퉁불퉁해지는 날이면, 나는 언제고 녀석이 내 안에 남긴 그 흔적들을 천천히 짚어본다. 그렇게 하면 내 마음의 온도가 조금 더 올라가는 것만 같다.

엄마와 아빠는 매년 한식 때마다 예삐가 묻힌 동산에 오른다. 예삐가 좋아할 쥐포튀김과 육포, 그리고 곁에 심어줄 예쁜 꽃을 한 움큼 들고서. 돌아오는 한식 날엔 엄마, 아빠와 함께 동산에 올라야겠다. 오랜만에 다시, 녀석에게 고맙다는 말을 전하러.

추억의 계보

아버지의 40년 단골 식당에 들렀습니다. 고교 시절, 동대문구장에서 야구 경기가 열리던 날이면 어김없이 들르셨다는 종로 호남집에 말이죠. 돈이 없던 아버지는 야구가 형편없이 진 날이면 그냥 야채곱창을, 가까스로 이긴 날이면 조금 더 비싼 오소리감투를 시켰더랬죠.

얼굴만큼이나 입맛도 아버지를 빼닮았는지, 저 역시 그곳을 뻔질나게 드나들었습니다 .

사장님이 말씀하시네요, "지난번에는 고등학교 친구들

이랑 왔었지?"

"네! 주인할머니는 건강하시죠?"

이곳에 올 때면 온 마음으로 느낍니다. 제 얼굴에는, 제가 보지 못하는 몇 줄의 설명이 덧붙어 있다는 것을.

'진금사 아들' 아버지의 젊은 날을 보신 분들은, 굳이 설명하지 않더라도 제가 누구의 아들인지 대번에 알아채시더군요. 아버지는 소싯적 한 인물 하셨나 봅니다. 죄송합니다. 농담입니다.

불판을 올리며 사장님이 말씀을 건네십니다. 당신이 저보다 훨씬 어릴 때부터 저희 아버지를 보셨다고, 아버지는 늘 한결같으시다고. 늘 한결같이 호남집의 주방을 지키시던 주인할머니의 귀한 따님은, 어느새 어엿한 중년의 사장님이 되셨네요. 사장님의 남편분이 친절하게 가게일을 도우시는데, 그 모습이 영락없이 가게 분위기와 잘 어울리더군요. 두 분의 사이가 정말이지 따뜻해 보였습니다. 이 이야기를 아버지께 건네니 웃으며 말씀하시네요.

"40년 전에 주인아저씨도 주인아주머니를 엄청 살뜰히

챙기셨는데 말이야.”

　　40년 전의 아버지와 40년 후의 저는 취향이 참 비슷하네요. 밥 먹으러 갔으면서 밥은 안 먹고 그런 거나 보고 있다니요.

　　불판 위 곱창이 적당히 익어 지글지글 소리가 나는군요. 이제 사장님 내외 구경은 그만두고 밥을 먹어야겠습니다. 상추 한 장 위에 깻잎 한 장을 포개고 곱창 두어 점과 당면 몇 가닥을 올립니다. 함께 볶아 나온 야채는 곱창보다 조금 더 많이. 거기에다가 쌈장을 듬뿍 찍은 생마늘 한 조각은 필수죠. 입 안 가득 고소하고 매콤한 기운이 은은하게 퍼집니다. 입이 자꾸만 소주 한 잔을 넣으라네요.

　　“사장님 소주 한 병만 주세요!”

　　이건 순전히 곱창 때문입니다. 적당히 맛있어야 술을 안 마시죠. 이런, 오늘따라 소주가 달군요. ‘쟤가 어느새 다 커서 소주를 마시네’

　　사장님의 마음의 소리가 들리네요. 뒤통수가 조금 따갑습니다.

소주를 계속해서 더 시킵니다. 곱창을 계속해서 입 안으로 밀어 넣습니다. 이미 제 평소 식사량을 넘겼는데도, 끊을 수가 없네요. 물론 볶음밥도 안 시킬 수가 없겠죠.

"사장님 볶음밥 1인분만 볶아주세요!"

사장님은 잘 먹는다며 3인분 같은 1인분을 주셨네요.

주시는 대로 다 먹으니 배에서 끽끽 소리가 납니다. 배가 불러 일어서질 못하겠군요. 버스로 가면 금방인 거리를 부러 걷기로 결심합니다. 청계천 길섶에 과식의 죄책감을 조금 버려야겠어요.

천변을 걸으며 생각합니다. '나는 이 기분 좋은 포만감을 얼마나 오래 누릴 수 있을까' 하고 말이죠. 지금의 저보다도 어렸던, 젊은 날의 아버지가 느낀 그 든든함. 어디다 표출할 수 없는 행복과 미소를 불판 위 곱창과 함께 볶아대던 그 장소의 든든함. 삶의 희로애락과 길흉화복 속에서 가끔 길을 잃을 때, 소주 한 잔에 서러움을 씻게 해 준 저 장소의 든든함. 아버지에게서 제게로 이어진 이 든든함을, 저는 과연 얼마나 더 누릴 수 있을까요.

이토록 빨리 변하는 세상을 살면서, 변하지 않았으면 하는 장소를 마음 한구석에 두는 건 과연 사치일까요? 아버지에게처럼 저에게도 변치 않는 든든함이 필요한데 말이죠.

복잡해진 머리가 화를 내며 스스로에게 이야기합니다.

"그런 걱정 할 거면 한 번이라도 더 가라."

'있을 때 잘해 후회하지 말고' 어느 유행가의 가사와 함께 말이죠.

조만간에 한 번 더 가야겠습니다. 갈 때마다 사람이 북적이니 당분간 그런 걱정일랑 접어두어도 괜찮겠습니다.

식구들에게 호남집에 다녀왔다는 얘기는 비밀로 해야겠어요. 왜 포장은 안 해왔느냐며 혼을 낼 수도 있으니까요.

당신에 대한 이야기

셀 수 없이 많은 걸 주고도 당신은 자꾸만 받지 않으려 한다. 받기만 하던 내가 티끌이나마 갚으러 간 그 찰나에도 당신은 그저 뒷짐을 질 뿐이었다.

'단지 네가 더 밝게 웃으면 좋겠다'
무해한 웃음을 지으며 당신은 내게 말한다.

소란한 나의 시절이면 언제고 내 곁을 지킨 당신은 유난 스러운 나의 시절에는 묵묵히 침묵의 곁 어디쯤에 서 있다.

받기만 하는 나는 아니, 어쩌면 주지 못하는 나는 당신을 떠올리며 내내 울었다.

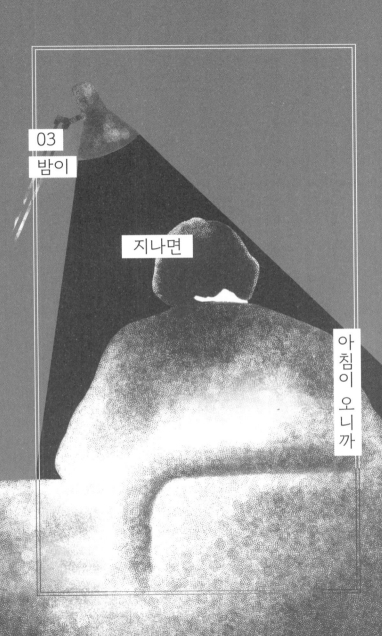

03
밤이

지나면

아
침
이
오
니
까

새해

묵은해를 보내고 새로 올 한 해를 맞이한다.

이 일은 밤이 아주 길어지고 바깥의 스산한 공기가 내 피부에 닭살을 돋울 때쯤이면 해마다 겪는 일이지만, 매번 새롭고 도무지 적응이 되지 않는다.

한 해를 갈무리하는 시점에서 우리는 감정의 양가성이라는 시소 위에 앉는다.

많은 것을 이루고 바꾸었다는 성취감과, 속절없이 시간을 흘려보내며 한 해만큼의 주름을 얻었다는 데서 오는 일종의 상실감.

얼마간의 만족, 그리고 그것과 함께 도열하는 어느 정도의 후회.

새로 얻은 이들로 인해 느끼는 충만감과 우리 곁을 떠난 이들로 인해 부상하는 아쉬움과 회한.

사람마다 치우침의 정도는 다르겠지만, 우리는 저마다의 사연으로 모순되고 상충하는 감정을 동시에 느낄 것이다.

나 역시 새해를 맞이하며 지난 한 해 동안 어김없이 곁을 지켜준 소중한 사람들과, 새로이 얻은 따뜻한 사람들을 떠올린다. 그리고 각자의 이유로 내 곁을 떠나간 사람들을 생각한다. 얼마간 행복으로 충만하다가도, 반면 조금은 쓸쓸해진다.

하지만 어쩌겠는가. 한 해는 또다시 우리 곁을 빠른 속도로 스쳐갈 것이고 우리는 변함없이 그 한 해를 살아내야 할 것이니, 어느 유행가 가사처럼 '지나간 것은 지나간 대로 그런 의미가 있다'라고 믿을 수밖에.

묵은해를 보내고 새해를 맞이하는 일은 한 해 동안 지나간 모든 순간을 주마등처럼 훑다가도 이내 추억이라는 앨범 한 편에 고이 접어 넣는 일 같다.

새로 올 해엔 어떤 복잡한 일을 겪고 그로 인해 어떤 다양한 감정의 시소 위에 앉게 될지 궁금하다. 우리가 할 수 있는 일은 그저 시소가 조금 더 좋은 쪽으로 치우치길 바라는 것뿐이다.

서로에게 건네는 새해 복 많이 받으라는 말과 함께.

연민과 공감은 높이가 다르다

우리는 끊임없이 누군가와 관계를 맺고 이 관계들 속에서 살아간다. 그래서 우리는 각자의 경험 속에서 저마다의 관계 맺기 방식을 터득한다.

그런데 다양한 이들과의 관계 맺기에 타고난 사람이 아니고서는 누구나 자신의 관계 맺기 방식 중 마음에 들지 않는 구석이 있게 마련이다. 나의 경우에도 그런 구석이 있다. 스스로 '그러지 말아야지'라고 되뇌면서도 잘 되지 않는, 그래서 유독 더 신경 쓰고 조심하는 일종의 습관이 있다. 단순하게 말하자면, '연민과 공감의 혼동' 정도?

타고난 인복이 많은 덕에 내 주위에는 자신의 속 이야기를 터놓고 말해주는 친구들이 무척 많다. 그중에 더러는 자신의 깊은 상처나 슬픔, 내지는 남들에게 말 못 할 사정들을 말해주기도 한다. 나는 이들이 나를 믿고 해주는 이 이야기들을 감사히 들으며, 진심으로 공감하려고 노력한다. 고개를 열심히 끄덕이기도, 그렁그렁해진 눈으로 쳐다보기도 하면서 그들의 아픔에 같이 아파하고 그들의 슬픔에 같이 슬퍼한다. 내 친구를 아프게 한 장본인 혹은 세상에 대고 '어디 들어볼 테면 들어봐라!' 하며 사납게 소리를 지르기도 한다. (물론 그들이 들을 리는 만무하지만)

그런 노력의 말미에 드문드문 떠오르는 아주 못된 생각, '참 가엾다' '참 불쌍하다'.

나는 이렇게, 연민 때문에 파생되는 자신의 생각들을 아주 못됐다고 느낀다. 나를 믿고 자신의 상처를 드러낸 당사자가 이 생각을 반길 리가 없지 않은가? 당사자의 입장에서는 동등한 위치에 있는 친구에게, 자신이 느끼는 감정을 이야기하고 공감을 바랐을 뿐인데 거기에 연민까지 얹어서 돌려주다니. 이건 뭐 마트의 1+1 행사도 아니고 말이지.

내가 이러한 생각을 하게 된 데에는 나름의 계기가 있다. 왜, 호되게 혼난 이후에야 다시는 혼날 짓을 하지 않은 아이들이 있지 않은가? 나는 그런 아이이기 때문에.

이미 끝나버린 사랑에 유독 아파했던 스무 살 언저리, 나는 내게 온 첫 번째 이별의 이유를 끊임없이 물었다. 스스로는 도무지 답을 찾지 못해 만나는 사람들에게 족족 그 이별의 이유가 무엇이라고 생각하는지 묻곤 했다. 친구들의 귀에 딱지가 앉을 정도로 이를 되물으며 연거푸 술을 마시던 그 스무 살의 추운 겨울. 이 과정을 몇 번 더 반복했으나 찾고 싶던 그 이유는 찾지 못했다. 떠나간 여자의 마음을 어찌 헤아리리오! 스무 살의 내가 이 과정의 끝에 떠올린 생각은 바로 '많이 힘든 가정 사정이 있는 친구였는데 더 잘해주지 못해 아쉽다. 더 잘해주고 결핍을 채워줬다면 우린 헤어지지 않았을 수도 있었는데' 따위의 것들이었다.

상장을 받은 아이가 집으로 가는 발걸음을 재촉하는 것

처럼, 나는 스스로 대견해하며 고민 끝에 건져 올린 이 생각을 주변 지인들에게 널리 퍼뜨렸다. 무언가 내가 조금 더 성숙해진 것만 같아 그랬던 것 같다. 그렇게 뿌듯함에 술자리에서 크게 떠들어대던 이 이야기를 들은 후배 녀석이 내게 조용히 한마디 했다.

"그거 공감도 사랑도 아니고 연민이에요. 그거 오만한 거예요."

후배 녀석의 취기 어린 말에 술자리의 분위기는 차갑게 얼어붙었고 친구들의 갖은 노력에도 나는 그 술자리를 도망치듯 빠져나올 수밖에 없었다. 민망함과 서러움이 만들어내는 완벽한 시너지에 도무지 그 자리에 남아 있을 수가 있어야지.

다시 며칠 간의 궁리, 후배는 내게 왜 그런 말을 했을까 곰곰이 생각했다. 이유가 궁금해 후배에게 연락해서 물었다. 그때 후배는 내게 평생 잊지 못할 말을 남겼다.

"선배가 한 거 사랑 아니라는 말 그거 진심이에요. 선배는 선배가 겪어보지도 않은 상대방의 집안 사정을 들먹이며 무언가를 더 해줬어야 했다고 말했잖아요. 선배가 뭐라도 된다고 느껴서 그런 생각이 들었나요? 선배가 그 사람한테 무언가를 해주어야 하는 이유는 없어요. 이별의 이유를 그 사람의 결핍을 채워주지 못해서라고 생각하던데, 그거 오만이에요 선배는 겪어보지도 않았으면서 어떻게 그 결핍을 채워줄 수 있다고 생각해요? 그 사람도 선배의 그런 오만한 태도를 다 느꼈을걸요? 어쩌면 크게 상처받았을지도 몰라요."

후배의 앙칼진 말을 들은 후, 머리를 띵! 맞은 기분이었다. 나름대로 공감을 잘한다고 자부하던 나였는데, 내가 그때까지 사랑했던 사람에게 보여주던 태도는 공감이 아니라 연민이었을 수도 있었겠구나 하며 자책했다. 겪어보지 못했으면서 함부로 상대방의 아픔을 재단하고 함부로 다루려 했던, 그래서 어쩌면 상대방에게 깊은 상처를 안겨 주었을지도 모를 내 스스로가 참 많이도 부끄러웠다. 그날이 바로 내가, 앞으로 누군가의 아픔을 보거나 듣게 되더라도 진심으로 공감하되 연민이라는 오만을 범하지 말자고 뼈에 새긴 날이다.

지금도 많이 부족하고 잘 되지는 않지만, 나는 부단히 노력한다. 타인에게 건네는 나의 공감이 혹여 오만한 연민이 아닐지 예민하게 경계한다. 연민이 조금 높은 곳에서 상대방을 굽어보며 불쌍히 여기는 태도라면, 공감은 상대방과 같은 높이에서 상대방의 아픔을 듣고 함께 아파하는 거라고. 연민과 공감은 높이가 다르다고. 나는 조금 더 몸을 낮춰서 상대방에게 연민이 아닌 공감을 건네는 사람이 되겠다고. 스무 살의 기억은 오늘도 나 스스로를 돌아보며 다짐하게 만든다.

세렌디피티, 우연이 그려내는 삶

세계적인 온라인 커머스 회사 '아마존'은 창업자 제프 베조스가 대학 시절 우연히 자신의 차고에서 두어 권의 중고 책을 내다 판 경험에서 시작되었다.

거듭된 가난과 불운을 이겨내고 '세계에서 가장 영향력 있는 여성' 중 한 사람이 된 '토크쇼의 여왕' 오프라 윈프리. 그녀 역시 어린 시절 우연히 얻은 라디오 방송국 견학 기회를 계기로 방송계에 발을 들였다.

세렌디피티, '뜻밖의 행운' '우연한 발견'이라는 의미의

이 단어는 제프 베조스와, 오프라 윈프리를 비롯한 수많은 사람들의 삶을 집약한다.

뜻밖의 기회, 우연한 행운을 만나 그것을 활용하여 삶에서 무언가를 얻거나, 아예 전혀 상상치도 못한 방향으로 흘러가버린 그들의 삶 말이다.

당신과는 상관없는 이야기라고 생각하는가?

그렇지 않다. 우선 당신의 존재부터 바로 이 '세렌디피티'의 결과이다. 이 세계를 이루는 수많은 사람들 중 유독 인연이 닿은 당신의 부모가 서로 만나, 다른 이도 아닌 '당신'이라는 존재를 만들어낸 것 역시 우연의 결과가 아니던가.

또 우연히 어떤 이와 인연이 닿는다거나, 길을 가다가 의도치 않게 접하게 된 책이나 영화로 인해 삶의 태도와 지침이 바뀌는 것 역시 이 세렌디피티의 결과인 것이다.

근래 들어 나의 삶에 이 '세렌디피티'의 힘이 유독 크게 작용하는 기분이다.

이십 대의 초입, 아주 힘들던 그 시간들을 그저 버텨내고, 나름의 하루를 살아내기 위하여 시작한 책 읽기와 글쓰기가 이젠 내가 더 많은 사람들과 만나고, 더 많은 기회에 닿게 한다.

꿈도 꿈이지만(필자는 카피라이터가 되고자 한다) 주변인들을 돕기 위함이 더 컸기에 뛰어든 연합 광고제가 예상보다 그 규모가 훨씬 커져 놓치고 싶지 않은 기회가 되어가고 있다.

또 그곳에서 만난 다양한 이들이 주는 유무형의 영향들이 내 안에 조금은 시들어 있던 꿈에 대한 열정과 도전의식을 다시금 불러일으킨다.

고교 시절 친구 녀석이 장난삼아 했던 일들이 나에게 새로운 크리에이티브로 작용하기도 하며, 오래전 아주 잠시 스쳐 지나간 연인이 즐겨 듣던 유재하의 노래가 지금은 일상에 지친 스스로를 달래는 쉼터의 역할을 하기도 한다. 우연이 만들어낸 참 신기한 일들이다.

거듭된 혁신으로 세상을 바꾼 애플의 스티브 잡스는 스

탠퍼드 대학 졸업식 연설에서 우리 삶의 순간순간을 '점'이라고 표현하였다. 우리 삶에서 우연히 수많은 이들을 만나고, 수많은 일들을 경험하는 것이 바로 이 '점'을 찍는 과정이라는 것이다. 이렇게 찍힌 점들이 훗날 어떤 시점에서 서로 연결되어 인생이라는 도화지에 어떤 형태의 그림을 그릴지는 아무도 모른다.

마치 그가 대학을 자퇴하고 학교를 전전하며 도강한 '서예 강의'가 훗날 그가 제작한 컴퓨터 '매킨토시'의 다양한 서체와 기능 개발에 영감을 준 것처럼 말이다.

모든 순간엔 의미가 있다. 또 그 모든 순간은 훗날 어떤 우연한 계기로 나의 삶을 바꾸는 지렛대가 될 수도 있다.

언제 어느 시점에, '세렌디피티'의 순간이 우리에게 어떤 기회를 가져올지는 아무도 모른다. 그러나 한 가지 분명한 사실은 모든 순간을 적극적이고 능동적으로 받아들이는 자세, 그 기민하고 영민한 태도가 우리에게 우연히 다가오는 기회를 살려내는 방법이라는 것이다.

나에게 올 '세렌디피티'의 순간을 성공의 기회로 삼기

위하여 더 많은 사람을 만나고, 더 많은 책을 읽고, 더 많은 것을 경험하겠다고 스스로 다짐한다.

나의 오랜 스승은 말했다

오랜만에 그분을 찾아간 날이었다. 나의 야윈 얼굴을 보자마자 그는 말했다.

"밥부터 먹자."

답답한 마음을 버티다 못해 무가내로 스승을 찾은 나는 어느새 펄펄 끓는 동태탕을 앞에 두고 그와 마주 앉아 있었다.

"여기까지 왔는데, 막걸리 한 잔은 해야지."

물끄러미 나를 보던 스승은 차분히 내 앞에 놓인 양은 사발을 가득 채워주었다. 한 잔을 비우면 또 한 잔을, 다시 한 잔을 꼴깍 털어 넣으면 새로 한 잔을.

근 2년 만에 찾아온 제자에게 왜 왔냐며 따져 묻지도 않고 그는 내게 거푸 술을 따라주었다.

불쾌해진 얼굴을 하고 입속으로 얼큰한 동태탕을 떠 넣으며 나는 말했다.

"선생님 너무 힘이 들어요. 세상이 저한테만 가혹한 것 같아요. 저는 참 운이 없는 사람인가 봐요."

사랑을 잃은 이야기. 꿈을 잃은 이야기. 아니 어쩌면 사랑을 잃었기에 꿈조차 잃어버린 이야기...

언제부턴가 슬금슬금 어른 흉내를 내면서도, 마음에 든 멍 자국을 스스로 매만지기도 벅차 하는 나 자신의 초라함을 한탄하는 이야기...

나의 이야기를 들으며 그는 연신 고개를 끄덕였다. 속이 타는 듯 연신 술잔을 비워내며.

그가 한 잔 한 잔을 들이켤 때마다 내 이야기는 점점 더 처연해져 갔다.

뻔하디뻔한 청춘의 쓰라림을 횡설수설한 말로나마 그에

게 훌훌 털어내니, 이젠 내 내면에 깊숙이 숨어있던 진짜 고
민을 이야기할 때가 왔다. 아마도 나를 잘 아는 그는, 내가
조금 뒤 그 '진짜' 이야기를 하겠거니 싶어 묵묵히 기다렸을
것이다. 혀끝에서 느릿느릿 단어를 고르던 나는 끝내 머릿속
에서 '도태'라는 말을 떠올렸다.

　도태되는 기분. 그렇다 내가 그를 찾은 이유는 바로 그
것이었다. 마음속 웃자란 욕심에 비해, 당시 나의 처지는 오
래도록 같은 자리에 머물러 있었다. 친구들이 이루어낸 성취
들에 진심 어린 박수와 찬사를 보내면서도 나는 아무런 성취
도, 아니 성취 비슷한 무언가도 얻지 못하고 있었다. 친구들
이 대학으로 사회로 진출할 때, 나는 그 어떤 곳에도 속하지
못한 채 생의 가장 젊은 나날을 흘려보내고 있었다. 그러다
거기에서 오는 압박감과 휘청이는 자존감을 결국 견디지 못
하고, 나를 잘 아는 오랜 스승 앞으로 도망친 것이다.

　'도태'라는 단어는 다시 또 그렇게 우리의 밥상 위에 오
래도록 머물렀다. 그 많은 말들을 묵묵히 들어준 나의 오랜
스승은 마침내 내게 말했다. 당시의 나처럼 오래도록 무언가

의 지망생이었던 자신의 청춘 이야기를, 그래서 마음과 생각이 많이도 작아졌던 그때의 이야기를 덧붙이며 내게 말했다.

　굳이 사회가 정도正道라 정해놓은 방향과 속도에 발맞추지 못한다고 해서 스스로의 자존감을 갉아먹지 말라고, 저마다의 속도로 각자의 길을 걷는 그 과정이 바로 우리의 특별함을 만들지 않겠냐고. 방황하는 제자를 달래기 위해 그가 자신의 생에서 건져 올린 말은 그것이었다.

　나는 빈 막걸리 병을 상 아래로 치우는 동안에도, 그와 헤어져 집으로 돌아가는 버스 안에서도 그 말을 내내 곱씹었다. 다음 날도, 그다음 날도 스승의 말을 머리로 입으로 수천수만 번 되새김질하며 내 앞에 놓인 방황의 시간을 흘려보냈다.

　지나간 시절, 그의 말이 흔들리던 나를 붙잡아준 막연한 희망이었다면 지금은 그 의미가 조금 다르다. 이제 그것은 내게, 하나의 자명한 삶의 진실을 뜻한다. 남들보다, 그리고 사회가 정해놓은 기준보다 도태되던 시간이 없었더라면 얻어내지 못했을 수많은 생각들이 내게 있기 때문이다. 처음으로 글다운 글을 쓰고 싶다는 욕망도, 삶을 바라보는 시야의 넓이도, 사람을 바라보는 시선의 깊이도(물론 여전히 좁고 얕다) 그 도태의 시간이 내게 선사했다는 것을 나는 안다. '도태'라는 말을 뒤집으면 '태도'가 된다는 것은 어쩌면 우연의 일치가 아닐지도 모른다. 그것은 갑갑하고 답답한, 그래서 철저히 외로운 그 도태의 시간을 견디면 삶의 대하는 우리의 태도가 바뀐다는 사실과 맞닿아 있을지도 모른다.

남달리 늦된 나는, 그렇기에 많이도 아파하던 나는 이제 느리다는 말을 좋아한다. 그것은 남들보다 더 많이 망설이고 두리번거리며 더 많은 것들을 풍부하고 자세하게 봤다는 의미일 수도 있을 테니까. 남달리 보낸 그 시간 덕에 그야말로 남다른, 달리 말하자면 아주 특별한 사람이 될 수도 있는 거니까.

답답한 마음과 얼큰한 동태탕을 안주로 연신 막걸리를 삼키던 그날을 떠올린다.

나의 오랜 스승과 함께 보낸 그 시간이 내 삶에 가져온 변화들을 생각한다. 그가 내게 해 준 소중한 말을, 그 시절의 나처럼 휘청거리는 누군가에게 전해주고자 이렇게 허락 없이 글로 옮긴다. 그가 이 글을 읽고, 쑥스러워 나를 탓한다면 그의 동네로 가야겠다. 그에게 애교 섞인 사죄의 의미로 동태탕과 막걸리를 대접해야겠다. 그는 아마도 친절히 웃으며 내 잔 가득 막걸리를 따라주겠지.

좋은 사람이라는 확신

이번에는 내가 녀석의 고민을 들어줄 차례였다.

대학에서 얻은 후배 H는 그 당시 홍역과도 같은 사랑을 앓고 있었다.

녀석의 눈은 너무나도 동그란 탓에 타인의 치명적인 단점조차 쉽사리 찾아내지 못했다.

사랑도 사람의 일이니 좋은 사람을 만나야만 좋은 사랑을 할 수 있을 터인데, 녀석의 곁에는 언제나 좋음보다는 나쁨에 가까운 사람들이 다가왔다. 그들의 나쁨을 볼 수 없던 녀석은 언제나 그들에게 가장 쉬운 표적이 되었다. 사랑이

가져오는 아픔에 있어서 가해자와 피해자를 구분할 수 있다면, 녀석은 언제나 피해자의 자리에 섰다. 녀석의 연인들은 하나같이 녀석을 속였고, 녀석 몰래 다른 사람을 만나기도 했으며, 종종 차마 입에 담을 수조차 없는 일들을 하고 다니기도 했다.

매번 같은 사랑의 결말에 끙끙 앓던 녀석은 한숨을 내쉬며 내게 물었다.

"내가 좋아하는 그 사람이 좋은 사람인지 나쁜 사람인지 어떻게 알아봐요?"

나는 녀석의 물음에 쉽사리 어떠한 대답도 꺼낼 수가 없었다.

언제나 사람 안에서 사람들과 부대끼며 사는 나인데도, 이제는 대충이나마 좋은 사람과 나쁜 사람을 구분할 수 있다고 느끼는 나인데도, 사랑이라는 전제가 깔린 그 질문에 마땅한 대답을 찾기는 무척이나 어려웠다.

당시는 나 역시 사랑의 쓰라림을 입속에 머금고 있던 시간이었으므로, 도무지 무슨 이야기를 해줘야 할지 모르겠던 나는 "기다리다 보면 좋은 사람이 오겠지." 따위의 확신 없는 말들로 녀석을 달랬다.

그렇게 시간이 지나, 충치처럼 입 속에서 내내 나를 괴롭히던 사랑의 아픔이 점차 옅어질 무렵 나는 기억 속에 묻어 두었던 녀석의 질문을 다시금 꺼내 들었다.

비록 주제가 인간사 중 가장 어렵다는 '사랑'이 되었을지라도 대답의 기본은 질문의 요지를 파악하는 일이겠지. 나는 좋은 사람을 어떻게 구분하는지 답하기 전에, 녀석이 이야기한 '좋은 사람'이 어떤 사람을 뜻하는지 짐작해 보아야 했다. 어쩌면 녀석의 '좋은 사람'은 '좋아해도 좋을 사람' '사랑해도 괜찮을 사람'을 뜻하는지도 모를 일이었다. 좋아하는 사람이 보여주는 실망스러운 모습에 자꾸만 상처받던 녀석은, '앞으로 누군가를 섣불리 좋아하지 못할 것 같다'는 불안 속에 있어 보였기 때문이다.

요지는 파악했고 이제는 답을 해줄 차례.

'사랑해도 괜찮을 사람'은 과연 어떤 사람일까.

내 나름대로 풀어낸 녀석의 질문 앞에서 나는 기억 한편에 덮어두었던 옛사랑의 기록을 펼쳐 들었다.

　　사랑에 빠지는 것은 가슴이 벅차오르는 일이다.

　　그토록 벅차오르는 가슴 탓에, 그 사람을 봤을 때 나의
이성은 맥을 추지 못했다. 저 사람을 놓치면 우주가 무너질
것만 같은 급박한 심정을 붙들고 '저 사람은 내가 사랑해도
괜찮을 사람일까' 되뇔 수 있을 정도로 느긋한 사람은 물론
드물 테지만, 당시 나는 그 과정을 너무나도 쉽게 건너뛰었
다. 다른 사람들은 고개를 갸웃거릴 그 사람의 행동 하나하
나에서도 의미를 찾으려 했고, 그 사람의 무례는 타고난 당
당함으로, 그 사람의 소유욕은 나에 대한 한결같은 사랑의
증표로 포장했다. 핑크빛 잔뜩 물든 눈동자로 바라보니 훗날
나를 아프게 할지도 모를 그 사람의 단점들조차 화사하고 아
름답게 보일 수밖에.

　　이토록 섣부르던 내 사랑은 물론, 이 글을 읽고 있는 당
신의 예상대로 너무나도 무기력하게 정해진 결말로 향했다.

　　돌이켜 보면 그 사랑은 참 많이도 아팠다.

　　헤어짐에 있어서 사랑의 실패에서 오는 아픔보다 사람

에 대한 실망에서 오는 아픔이 훨씬 더 크다는 것을 그때 알았다. 그러나 대부분의 아픔이 그렇듯, 그토록 지독한 사랑앓이는 내게 커다란 교훈을 건네주었다.

그것은 바로, '사랑하면 안 될 사람'에 대한 깨달음이었다. 이를 내가 가진 짧은 어휘들을 빌려 표현하자면 '미성숙한 방어기제를 가진 사람' 정도가 되겠다. 힘들거나 불안한 상황에 미성숙하게 대응하는 사람과 연인이 되면, 분명 크게 후회할 날이 올 거라는 일종의 확신이 내게 생겼다.

세상에는 갖은 어려움 속에서도 긍정과 다정으로 일관하는 사람이 있는가 하면, 사소한 스트레스 상황에서도 온갖 부정적 행동 양상을 보이는 사람들이 있다. 바로 이 지점에서 나는 그 사람의 본모습과 깊이를 판가름할 수 있다고 생각한다.

몸과 마음이 지칠 때조차도 긍정과 다정으로 일관하는 사람은 사랑에 있어서도 '좋은 사람'일 가능성이 크다. 그 사람은 자신의 태도와 감정을 성숙하게 관리할 줄 아는 사람이다. 아무리 어렵고 힘든 상황에서도 곁에 있는 사람에게 자신의 부정적 감정을 오염시키거나, 그 감정을 바탕으로 상처 주지 않을 사람이다.

　반대로 아주 사소한 스트레스 상황에서도 예민하게 반응하고 그 상황을 애써 외면하려 들거나, 특유의 공격성으로 그 상황을 무마하려는 사람은 사랑에 있어서도 그다지 '좋은 사람'이 아니다. 사랑하며 왜 힘든 일이 없겠는가. 갈등과 반목이 언제든지 우리 앞을 가로막는 것이 삶인 것을. 때론 두 사람 사이에서, 또는 이따금 외적인 상황에서 크고 작은 스트레스 상황에 직면할 그 사람은 그때마다 자기 옆을 지켜주는 소중한 사람에게 자신의 감정을 투사하거나, 자신의 잘못을 합리화하고 쉽게 화를 낼 것이다. 그때마다 그 사람의 연인은 한없이 외롭고 쓸쓸할 것이다. 아프고 화가 날 것이다.

　그러니까 돌고 돌아 결국, 한 사람이 좋은 사람인지 알아보려면, 그이가 자기 앞의 어려움을 어떻게 헤쳐 나가는지 잘 살펴보는 수밖에 없다는 것이 나의 결론이다. 당시 후배에게 전하지 못했던 대답을 이제야 스스로에게 건네 본다. 그리고 그 대답은 나 자신을 향한 질문으로 되돌아온다. 나는 내가 정의한 대로 좋은 사람이 되어가고 있을까.

스스로가 좋은 사람이라는 확신을 가질 때까지 다시 몇 번의 어려움을 겪어봐야겠다. 그 어려움 속에서 긍정과 다정으로 일관할 수 있도록 스스로를 잘 돌봐야겠다.

스스로가 좋은 사람이라는 확신이 드는 날에, 다시 후배를 불러 이야기해야겠다. 나는 이제 네게 떳떳한 대답을 건넬 수 있다고. 물론 그 전에 녀석이 이 글을 읽어 볼 것 같지만.

길 말고 결

원체 사람을 좋아한다. 대개의 경우 사람들과 함께하며 에너지를 채워간다. 정도의 차이는 있지만 처음 본 사람들과 같이 있을 때도, 오래 안 지인들과 함께할 때도 몸과 마음의 어딘가가 충만해지는 기분이다. 마치 그들에게서 무언가를 배우고 건네받는 느낌이다.

이런 날 두고 나를 오래 본 친구들은 골든 리트리버 같다고 한다. 사람 좋아하기로 소문난 골든 리트리버처럼 내가 사람을 졸졸 쫓아다니며 계속 같이 놀자고 응석을 부린단다.

동의 못 할 말은 아니다.

　　나를 아끼는 선배들은 나를 두고 시골 똥강아지 같다고
도 한다. 사람한테 차이고 상처받아도 결국 사람들 틈바구니
를 찾아가는 시골 백구 같단다. (나는 살이 검은 편이니 어쩌면
흑구가 더 잘 어울릴 텐데도 말이다.)

　　타고난 성격 탓에 나는 나와 다른 길을 가는 사람을 대
할 때에도 큰 거부감을 느끼지 않는다. 나와 분야가 다른 사
람에게서 내게 없던 새로운 시각을 배우고, 나와 처한 환경
이 다른 사람에게서 그의 생에 깊이 새겨진 감정의 흔적들을
배운다. 선한 길을 가는 사람에게서 존경심을 느끼고 그와
같은 삶을 살아볼 엄두를 내보기도 하고, 악한 길을 걷는 사
람을 보며 '나는 저러지 말아야지' 하며 스스로를 다그친다.

　　그러다 보니 내 주변에는 각양각색의 길을 가는, 다양한
성격의 사람들이 있다. 친구들은 이런 나의 인간관계를 '건
달부터 성직자까지 다 있다'라고 속되게 표현하기도 한다.
실제로 내게는 건달 친구도 성직자 형님도 있으니까, 아주

틀린 말은 아니다.

　이런 나라고 해서 모두와 친구가 된다고 생각한다면 오산이다. 나에게도 인간관계를 풀어가기 위한 나름의 기준이 있다. 그건 바로 '결'이다.

　나는 나와 결이 비슷한 사람과 관계를 이어나간다. 아니 관계는 그 사람과 나, 둘 사이의 일이니까 '관계를 이어가기 위해 노력한다'가 더 정확한 표현이겠다.

　마음의 결이 비슷한 사람, 표현의 결이 비슷한 사람, 감정의 결의 비슷한 사람, 사람을 보는 결이 비슷한 사람...

　나라는 사람과 오래도록 서로의 곁을 지켜주는 사람들을 보면 대체로 나와 결이 비슷하다. 비슷한 구석이 많을수록 우리는 더 깊은 사이가 된다.

　'사람마다 왜 비슷한 구석이 없겠는가' 하는 생각으로 대부분의 사람들과 잘 어울리는 나였지만, 살다 보니 나와는 정말이지 다른 결을 가진 사람들이 많았다. 물론 정말 그런지 아닌지 확인하기 위해 얼마간의 친절을 건네며 함께 시간을 보내보는 정도의 노력은 하는 편이다. 그럼에도 내가 나와 정말 다른 결이라고 느끼는 사람들, 그래서 내가 그런 노력조차 포기하는 사람들이 있다. 그건 바로 '동의되지 않은 권위'로 타인에게 쉽게 무례를 저지르는 사람들이다. 누구나 그런 사람을 가까이 두고 싶지 않겠지만, 태생이 반골인 나는 원래부터 누군가 오만한 태도로 타인에게 이래라저래라 하는 걸 싫어한다. 나이가 들며 성격상의 많은 부분들이 변했지만, 유독 저 부분만은 변하지 않는다.

A라는 친구와 관계를 끝낸 이유도 거기에 있다.

그와 나는 오랜 세월을 알아 왔다. 적당한 거리를 유지하며 서로의 곁을 지켰다. 거리를 둔다고 해서 서로에게 소홀하지는 않았다. 그가 힘들 때면 나는 언제나 달려갔고, 그 또한 내가 힘들 때면 자기 나름의 최선을 다해가며 나를 다독인 것 같다. 그러나 일련의 일들을 통해 그와 나 사이의 거리가 좁혀지며, 우리가 비슷한 결이라고 생각했던 나의 판단은 틀린 것으로 드러났다. 언제부턴가 그는 내가 동의하지도 않았는데도 나를 위한답시고 내게 이래라저래라 이야기했다. 그마저도 대부분은 진심이 담긴 조언이라기엔 무례에 가까웠다. 대체로 나라는 사람의 단점에 대한 열거였고, 이를 해결하지 않는다면 나와 관계를 이어가지 않겠다는 엄포였다.

그에게 그런 말들을 들을 때마다 나는 그의 말에 동의하지도 부정하지도 않은 채 그것을 홀로 내내 곱씹었다. 관계가 관계인 만큼 그가 내게 하는 말이 어쩌면 진심으로 나를 위하는 말일지도 모른다고 생각했다. 그 과정에서 스스로 자존감을 갉아먹고 마음을 어지럽혔다. 그러나 시간이 흐르자 그의 말은 내가 가장 싫어하는, 나와는 맞지 않다고 정해놓은 결에 가까운 말들임을 알아차렸다.

관계의 친밀함은 상대방을 내 구미에 맞게 바꿀 권리를 보장하지 않는다. 그건 친구 관계에서도 마찬가지다. 친구란 서로의 단점에도 불구하고 유대를 지속적으로 이어나가는 관계이다. 그 점에서 어쩌면 서로가 가진 온갖 단점과 모순을 비난할 권리가 아닌, 그것마저도 따뜻한 눈으로 바라봐야 하는 무거운 책무를 가지고 있는 관계일 수도 있겠다. 주변 친구들을 둘러보자. 혹여 지속적으로 나의 단점에 날 선 질

타와 비난만을 보내는 사람들이 있다면 우리는 한시라도 빨리 깨달아야 한다. 그건 건강한 친구 관계가 아니라는 사실을. 그건 우정이라는 명목하에 행해지는 무례이자 오만이라는 것을.

마찬가지로 그날 그의 행동은 내가 한 번도 동의한 적 없는 지독한 무례였다. 권리 없는 오만이었다. 그래서 그 뒤로 나는 그와의 관계를 끊어냈다. 사람 한 명 한 명과의 관계에 의미를 부여하며, 인연을 쉽게 끊지 못하는 나인데도 참 홀가분했다. 오래 앓던 충치를 뽑은 기분이었다. 결이 다른 사람은 내게 맞지 않는다는 생각을 경험으로 증명한 일이었다.

나는 여전히 사람을 좋아하고 사람에게 쉽게 내 마음을 내어준다. 그건 나와 가는 길이 전혀 다른 사람에게도 마찬가지다. 그러나 이제는 확실히 안다. 나는 타인과의 관계에 있어 결을 정말 중시하는 사람이라는 걸. 굳이 내가 정해놓은 결에 맞지 않는 사람 곁에서 스스로의 몸과 마음을 힘들게 할 필요가 전혀 없다는 걸.

사소한 기쁨, 커다란 변화

대학에서 〈지역사회복지론〉이라는 과목을 배울 때의 일이다. 하루는 어느 우범지역에 파견된 한 사회복지사가 마을의 분위기를 개선하기 위해 고군분투했던 사례를 다뤘다. 그는 전임자들이 여러 번의 시행착오에도 불구하고 결국은 모두 실패했던 그 일을 단숨에 해냈다. 그 비결은 다름 아닌 '시냇물 복원공사'였다.

그는 복개된 마을의 하천을 복원하기 위해 해당 지역 공무원들과 마을 유지들을 찾아다니며 설득했다. 마을의 안녕을 위해서는 주민들에게 일상의 사소한 기쁨을 건넬 수 있는 장소의 마련이 우선되어야 한다고 외치며.

지난한 설득의 과정 끝에 마을에는 작은 시내가 되살아났다. 그리고 그것이 가져온 변화는 그의 예상대로 대단했다. 주민들은 밤낮으로 시냇가에 모여 그간 감춰두었던 서로의 진솔한 마음을 나누었다. 어린아이들과 청소년들은 시냇물에 발을 담그고 서로의 미움을 씻어냈다. 마을에는 어느새 얼굴을 붉히는 일보다 활짝 웃는 일이 더 많아졌다. 객관적으로도 마을의 범죄율과 청소년 탈선 비율이 이전보다 눈에 띄게 낮아졌다.

교수님께서는 이 예시를 가리키며 말씀하셨다. 공동체 구성원 개개인이 느끼는 작은 기쁨은 공동체 전체의 분위기에 커다란 변화를 가져올 수 있다고. 교수님의 이 말씀은 단지 시험을 위해 외워야 했던 필수적인 교과내용을 넘어, 아직도 여전히 내 삶에 건실한 지렛대가 되어주고 있다.

대학 시절 자의 반 타의 반으로 동아리 임원을 맡았던 적이 있다. '광고'라는 공동의 관심사를 나누는 이들이 모여

만든 이 동아리는, 그 뒤로 27년을 버텨온 유서 깊은 집단이었다. 그러나 어느 사이엔가 소위 '잘 나가던' 우리 동아리는 알 수 없는 이유들로 위축되었다. 별다른 노력 없이도 매 학기 적어도 30명 정도씩은 모집되던 신입회원들이 이번에는 좀처럼 우리 동아리의 문을 두드리지 않았다. 임원진을 맡고 난 직후 회원 수를 조사해보니 선배들을 제외한 동아리의 실질적 회원은 4명에 불과했다. 그마저도 3명이 임원진이었으니, 회원다운 회원은 한 명뿐이라고도 볼 수 있던 상황이었다. 지금 있는 회원들로라도 내실을 다지자니 지나치게 회원이 없었고, 외연을 확장하자니 아무도 새로 들어오려 하지 않던 상황이었다. 그야말로 존폐의 위기였다. 오랫동안 이 집단을 만들고 가꾸어 온 모든 선배들을 볼 낯이 없었다.

어떻게 하면 다시금 이 집단에 활기를 불어넣을 수 있을까 오래 궁리하던 끝에, 나는 교수님의 말씀을 한 번 믿어보기로 했다. 회원들에게 사소한 기쁨을 선사하면 분명 동아리의 분위기가 바뀔 거라는 무모한 확신을 가졌다. 그 시작은 남루한 동아리방을 쾌적하게 바꾸는 일이었다. 나는 함께 동아리를 책임지고 있던 두 명의 친구를 설득했다. 내 이야기를 듣자마자 그들은 밑져야 본전이라는 식으로 내 계획에 선뜻 동참해 주었다.

　나날이 기록적인 폭염이 이어졌던 2018년의 여름, 우리는 냉방시설도 없던 동아리방에서 공사를 시작했다. 3층 계단을 끝없이 오르내리며 묵은 물건들을 버리고, 새로운 물건들을 들였다. 새로운 책장을 조립하고 낡은 서랍을 뜯어고쳤다. 뙤약볕을 뚫고 을지로로 달려가 사온 형형색색의 페인트로 빛바랜 테이블과 벽을 새로이 칠했다. 커튼을 새로 달고 바닥부터 유리창까지 군데군데 사방을 청소했다.

　여름 한 철을 그렇게 보내고 새 학기가 되자 우리의 동아리방은 캠퍼스에서 가장 쾌적한 공간으로 변해 있었다. 만족스럽고 감격스러운 마음에, 우리는 한여름날 우리 손으로 일구어낸 작은 기적을 적극적으로 알릴 수밖에 없었다. 신입회원 모집기간에 맞추어 이를 캠퍼스 곳곳에 홍보했다. 그러자 놀라운 일이 벌어졌다. 어느새 보이지 않던 기존 회원들이 다시금 하나둘 동아리에 얼굴을 비추기 시작했다. 또, 동아리에 가입하고자 하는 신입생들의 수가 폭발적으로 늘었다. 4명에서 80명으로 회원이 늘어난 예상치 못했던 상황에 나를 포함한 임원진 모두는 어리둥절해질 수밖에 없었다. 하염없는 기쁨과 뿌듯함에 얼떨떨했다.

교수님의 말씀이 옳았다. 우리가 만들어낸 공간 변화는 동아리 구성원 개개인에게 소소한 기쁨으로 작용했고, 이는 동아리 전체의 분위기 변화를 이끌어 낸 것이다.

이번에는 몇몇 분들이 따분해할지도 모를 이야기를 적어야겠다. 맞다, 군대 시절 이야기다. 한동안 부대 분위기가 좋지 않았던 적이 있었다. 날은 덥고 일은 많고, 간부들은 사사건건 화를 냈다. 이 땅에 태어났다는 이유로 원치도 않은 군 생활을 하는 우리 부대 '대한의 아들'들의 표정은 날로 어두워졌다. 서로에게 화를 내고 다투는 일들이 점차 많아졌다. 자칫하면 큰 반목과 갈등이 생겨날 판이었다.

조금 늦은 나이에 군에 입대해 후임들은 물론 대부분의 선임들보다 나이가 많던 나는, '형답게' 하루빨리 부대 분위기를 바꾸어야겠다고 생각했다. 그러나 이번에는 부대 안에 갇혀있는 처지니 어딘가를 공사할 수도 없는 일이었다. 나는 오랜 고민 끝에 내가 잘할 수 있는 한 가지 일을 생각해냈다. 그것은 바로 '커피 타기'였다.

3년간의 카페 아르바이트 경험을 활용할 때였다. 용돈을 벌기 위해 수없이 커피를 탄 그 경험은 나도 모르는 사이, 내가 가진 장기 중 하나가 되었다. 그 장기를 십분 발휘해 외부와 차단되어 하루하루를 갑갑함 속에 지내는 선후임들에게 맛있는 커피 한 잔을 만들어 건넨다면, 부대 분위기에 무언가 긍정적인 변화가 생겨날지도 모른다는 기분 좋은 예감이 들었다.

계획을 세웠다면 이젠 그것을 실행할 차례. 나는 집에 있는 식구들에게 연락해 커피 드리퍼와 원두를 보내 달라 부탁했다. 그리고 재료와 장비가 도착한 뒤로는 자투리 시간을 이용해 틈틈이 커피를 내렸다. 모두가 노곤한 아침나절과 점심식사 무렵을 신선한 커피 향으로 가득 채웠다. 결과는 예상대로 대성공이었다. 커피를 받아 든 모든 이들의 얼굴에는 옅은 미소가 번졌다. 웃음은 전염이 되는지, 어느새 부대 구성원들 모두 이전보다 웃음이 많아졌다. 앞사람이 웃으니 뒷사람도 웃었다. 화가 나고 짜증이 나도 웃어넘기는 경우들이 많아졌다. 각자의 사소한 웃음은 서로의 마음에 여유와 느긋함을 선사했다.

두 일화에서 알 수 있는 자명한 사실이 하나 있다. 우리가 공동체를 이루는 한 명의 구성원으로 살아가는 동안에는 각자가 속한 공동체의 분위기에 영향을 받을 수밖에 없다는 것이다. 분위기가 어두운 집단에서는 우리 몸과 마음은 축 처지고 우리는 자주 화를 낸다. 반면 밝고 명랑한 분위기에서는 우리의 마음과 표정은 밝고 따뜻해진다. 때문에 공동체의 분위기를 밝게 유지하는 건 우리 각자를 위해서도 매우 현명하고 중요한 일이 될 것이다.

그러므로 우리 각자가 조금 더 현명해지고자 노력하는 게 어떨까. 공동체의 긍정적인 분위기를 이끌어내기 위하여 공동체 구성원 개개인에게 사소한 기쁨을 선사하자.

그 사소한 기쁨들이 쌓여 아주 커다란 변화를 이룰지도 모를 일이니까.

낯선 이의 다정함

낯선 이가 건넨 예상치 못한 다정함에 나 자신의 삶의 태도를 돌아본 기억이 있다.

7월의 더위가 기승을 부리던 여름의 한복판이었고, 경기도 용인의 한 병원 앞이었다.

당시 나는 경기도 용인에서 군 복무를 하고 있었다.

부대에서 내게 맡긴 임무는, 각자의 아픔 탓에 군 생활을 지속할 수 없다고 호소하여 각급 부대에서 보내진 장병들을 2주간의 심사대기 기간 동안 큰 사고 없이 관리하고, 국

방부의 심사 결과에 따라 원소속 부대 혹은 사회로 보내는 일이었다.

대학에서의 전공이 사회복지학이라는 이유로 나는 그곳에 보내졌고, 나는 내게 의무적으로 부여된 1년 6개월의 시간 동안 그곳에서 열심히 '전공'을 살려 나갔다.

전입을 간 첫날, 앞으로의 역할에 대한 설명을 들으며 스스로 다짐했다. 그 어떤 어려움이 있어도 나름의 아픔을 가진 심사대기병들에게 친절과 다정으로 일관하자고, 그게 나의 책임을 다하는 일이라고. 하지만 풋내기 이등병의 이러한 다짐은 얼마 가지 않았다.

내가 돌보던 사람들 중 몇몇은 자신이 가진 아픔 뒤에 숨어 나의 마음을 상하게 했다. 피해의식과 피해망상을 가진 몇몇은 말도 안 되는 모함으로 나를 곤경에 빠지게도 했다.

가만히 있어도 억울하고 갑갑한 군 생활에서 이런 일들이 지속적으로 반복되자 나의 마음은 점점 더 날카로워졌고, 끝내 찡그린 표정과 딱딱한 말투로 심사대기병들을 대하게 되었다.

잔뜩 찡그려 못나진 얼굴로 보낸 그 몇 달의 시간 동안 엎친 데 덮친 격으로 잠시 주춤하던 감염병(코로나-19)이 다시 기승을 부려 모든 장병의 휴가가 통제되는 상황이 되었다. 그렇게 한 달 한 달이 쌓이고 쌓여 자그마치 8개월의 시간 동안 나는 가족들과 친구들의 얼굴을 보지 못했다. 이렇게 여러모로 갑갑한 나날이 지속되자 나의 몸과 마음은 많이도 지쳐 어느덧 한계를 향해 가고 있었다. 누군가 살짝이라도 건드리면 화를 내며 드잡이를 했고, 전입 간 이래로 하루도 거른 적 없던 공부도, 틈틈이 연습하던 글쓰기도, 부지런히 하던 운동도... 무엇하나 제대로 이어갈 수 없는 상태가 되었다. 스스로의 감정을 어떻게 해소할지 몰라 마음이 소란하던 나날이었다.

그러던 어느 날 내가 돌보던 한 심사대기병이 혼절하는 일이 발생했다. 그는 화장실을 가는 도중에 의식을 잃고 쓰러졌다. 곁에 있던 나는 그를 들쳐 메고 의무대로 향했고, 원인을 알 수 없다는 의사의 말에 곧바로 그를 구급차에 태워 영외의 대학병원 응급실로 데려갔다.

그곳 의사가 진단한 혼절의 원인은 스트레스성 저혈압. 나는 놀란 가슴을 쓸어내리며 구급차로 돌아가 그의 회복을 기다렸다. 푹푹 찌는 구급차 안에서의 대기시간이 길어지면서 나는 자그마치 7시간을 구급차 안에 쪼그려 앉아있어야 했다. 땀이 비 오듯이 흐르고, 식사 때를 한참이나 놓쳐 배는 고프고... 놀란 정신이 돌아와 다시 마음속에서 짜증이 밀려오려던 차에 머리맡 차창에서 '똑똑' 소리가 났다.

창문을 열자 한 어머님께서 내게 말씀을 건네셨다.

"아까부터 있던데 밥은 먹었어요?"

그 어머님의 따뜻한 한마디에 코끝이 찡해진 나는 집에 계신 엄마에게 하소연하듯 답했다.

"아뇨, 여태 못 먹고 있어요! 그래도 곧 끝날 것 같아서 다행이에요."

안쓰러운 표정을 지으시던 그 어머님은 총총거리는 발걸음으로 멀리 떠나가셨다.

그리고는 얼마 지나지 않아 손에 검은 비닐봉지를 드신 채로 창문을 다시 두드리셨다.

'똑똑'

"군복 입은 모습 보니까 우리 아들 어릴 때가 생각나네. 걔도 이렇게 늠름한 모습으로 얼른 회복해야 할 텐데, 이거 김밥인데 방금 샀어! 먹고 해요. 고생이 참 많아요."

헝클어진 머리카락과, 오래된 병원 슬리퍼, 그리고 내게 건네신 짧은 말씀의 맥락에서 미루어 짐작하건대 그 어머님은 오랜 시간 아들의 병간호를 하신 모양이셨다. 건강했던 아들이 병상에 누워있는 모습을 지켜보는 부모의 가슴은 얼마나 찢어질까. 그분은 그 찢어지는 가슴을 부둥켜안고 살아가느라 마음의 여유가 없으셨을 텐데도, 고생하는 낯선 이를 위해 다정함을 건네신 것이다. 그렇게 생각하니 나는 감동하지 않을 수 없었다. 다만 무일푼의 군인이었던 내가 할 수 있는 일은 크게 감사를 표하는 일밖엔 없었다.

"정말 감사합니다. 맛있게 잘 먹겠습니다!"

부대로 돌아오는 구급차 안에서 나는 생각에 빠졌다.

'과연 나는 그 어머님처럼 내 몸과 마음의 여유가 없는 상황에서도 타인을 위해 기꺼이 친절과 다정을 베풀 수 있을까?'

'반대로 내가 아무리 좋은 상황에 놓여있어도 낯선 이에게 조건 없는 친절을 베풀 수 있을까?'

나는 도무지 상상도 할 수 없는 아픔과 고통을 겪고 있는 사람조차 저렇게 타인에게 따뜻함을 건네는 모습을 보며, 내가 여태껏 이토록 작은 일들에도 쉽게 화를 내고, 너무나도 쉽게 냉정해졌다는 생각이 들어 스스로가 한없이 부끄러웠다.

그날 이후 나의 찡그린 얼굴은 맑게 개었다. 낯선 이가 건넨 낯선 다정함이, 내게 익숙해진 '불친절'을 내게서 밀어낸 것이다.

그리고 그 어머님을 닮아 다정하고 친절한 사람이 되고자, 부대 안에서 최대한 많이 웃고 최대한 밝게 지냈다. 그러자 신기하게도 조금씩 더 친절해지는 스스로를 발견하게 되었다.

'친절과 다정은 노력으로 만들어질 수 있구나, 그렇다면 나는 평생 더 많이 노력해야겠다.'

나는 그날 이후 오랜 시간이 지난 지금까지도 스스로를 이렇게 격려한다. 그날 나를 향한 그 어머님의 작은 친절은 내가 읽고 들은 몇백 권의 책, 몇십 번의 수업에서도 찾을 수 없던 값진 가르침이었다.

한 그릇 우주

"밥은 먹었니?"

수화기 너머로 들려오는 엄마의 첫마디는 또 '밥'이다. 가만 보자... 그러고 보니 아까 아버지와의 통화에서도 시작이 비슷했던 것 같은데... 의아함을 가질 찰나, 누나가 퇴근해 집으로 돌아왔다. 냉장고에서 물을 꺼내 마시던 나는 묻는다.

"누나, 밥은?"

시도 때도 없이 시작되는 우리 식구들의 밥타령은 그 계보를 헤아릴 수 없다. 기억을 더듬어 보자면 아버지의 엄마도, 엄마의 엄마도 오가는 사람들에게 늘, "밥은 먹었니?" 물었다. 그 점에서 보건대 아마 내가 이 세상에 존재하지 않았을 때도, 우리 식구들은 늘 서로의 '밥 안부'를 물으며 그렇게 지내왔을 것이다.

그런 집에서 자란 나는 사람들에게 자연스레 묻는다.

"밥은 먹었니?" "밥은 먹고 하니?"

돌아오는 대답은 당연히 Yes 혹은 No.

밥을 먹었다는 대답에는 안도한다. 그 반대의 경우에는 무슨 큰일이라도 난 것처럼 마음이 안절부절못해진다. 그 마음을 극복하기 위해 상대에게 밥을 먹으러 가자고 한다. 그마저 여의치 않은 상황에서는 빵이라도 먹여야 한다. 그러면서 이야기한다.

"빵 가지고 되겠어?"

간혹 주전부리로 끼니를 대충 때웠다는 말은 No에 가까운 대답으로 간주한다. 그걸로 되느냐며 미간을 찡그린다. 배가 고프지 않다는 그 사람에게도 기어이 무언가를 먹이고

야 만다.

　함께 밥을 먹다가 친구들은 묻는다.

　너는 왜 그렇게 밥에 집착하느냐고, 혹시 그렇게나 배가 고프냐고.

　나는 말한다. 밥 안부를 묻는 건 인정머리 있는 행동이라 생각한다고. 우리 집에서 밥은 그런 의미라고.

　엄마와 아버지, 그리고 두 할머니의 품에서 나는 그렇게 배웠다. "밥은 먹었니?" 하며 묻는 행동은, "나는 널 생각하고 있다." "혹여라도 너의 마음이 지치지는 않았을까 걱정하고 있다."라는 말의 함축이라고.

　그래서인지 내게 "우리 언제 밥 한 끼 하자." 하는 사람들의 인사치레는 도무지 가벼이 넘길 수 없는 말이다. 저 말을 건넨 사람의 마음은 무척이나 넓고 따뜻할 것이라는 착각에 빠지게 하는 마법 같은 주문이다. 그 말을 들으면, 나라는 사람은 저 사람을 둘러싼 이 넓은 우주 수많은 사람들 중 따뜻한 밥 한 끼 나누고 싶은 좋은 사람이겠구나 하며 호들

갑을 떨게 된다. 왜냐하면 사람들이 한 상에 마주 앉아 밥그릇을 부딪치는 짧고 긴 시간들은 서로에게 선사하는 헤아림의 시간이기 때문이다. 한 사람의 마음이 다른 이의 마음에 안부를 건네고, 혹여 지쳤을지도 모를 서로의 마음에 넉넉한 위로를 건네는 시간이기 때문이다. 그리하여 밥 한 끼 먹자는 상대방의 말은 그 포근한 시간들을 함께 하자는 소망의 발현이기 때문이다.

　의미란 의미는 전부 다 갖다 대며 흔하디흔한 밥 한 끼를 주제로 이렇게 글을 쓰고 싶었던 이유는 무엇일까. 그것은 아마 전례 없던 전염병이 우리의 일상을 뒤덮은 오늘날의 모습과 관련이 있을 것이다.

　사람을 향한 사람의 거리두기가 서로를 위한 배려로 둔갑한 요즘이다. 사랑할수록 우리는 더 멀어져야 한다. 상대방과 마주하고 싶은 나의 마음으로 인해 그가 위험에 빠질 수도 있다는 걱정을 끌어안고 살아가야 한다.

　따뜻하고 맛있는 밥 한 끼는커녕, 상대방과 마주한 채 물 한잔도 편히 마시지 못하는 시대를 우리는 견디고 있다. 좋아하는 사람들과 함께 나누는 따뜻한 밥 한 끼가 어느 때보다 절실해졌다.

　"밥 먹자."라는 따뜻한 말조차 건넬 수 없는 이 시대의 슬픈 단면은, 반대로 우리로 하여금 함께 먹는 밥 한 끼의 소중함을 떠올리게 한다. 밥 한 끼에는 사람을 향한 사람의 넓고 깊은 마음이 담길 수 있음을, 그리하여 우리는 사람들의 밥 안부를 걱정하면서 그들의 마음속 표정이 혹여 어둡지는 않을지 헤아리고 있었음을 생각하게 한다.

　이렇듯, 어쩌면 밥 한 끼에는 우주보다 넓고 깊은 의미가 담겨있을지도 모르겠다. 문득 사랑하는 이들과의 밥 한 끼가 더없이 그리운 날이다.

우리, 겨를 없는 삶에서도 가끔씩은

어쨌든 오늘도 고생 많았습니다.

당신의 하루는 어땠나요?

역시나 힘들었나요?

혹시나 뿌듯했나요?

어쩌면 당신의 하루가 유난히도 벅차고 도무지 이해 안 되는 일들 투성이였을지도 모르겠군요.

아니, 되려 당신의 하루를 채웠던 가슴 벅찰 정도로 따뜻한 일들에 실컷 웃어서 여전히 눈꼬리 주름이 살짝 당길지도 모르겠군요.

어쨌든 오늘도 고생 많았습니다.

당신, 내일 더 나은 하루를 살아보려 오늘을 기꺼이 헌 납하는 당신.

당신, 소중한 누군가를 위해 오늘 하루를 벅찰 만큼의 힘든 일들로 가득 채워낸 당신.

당신, 아파도 슬퍼도 당신의 하루를 살아내느라 아프고 슬플 새도 없는 묵묵한 당신.

겨를 없는 삶에서 하늘 한 번 올려다볼 여유도 없던 당 신께, 노을 진 오늘의 하늘을 나누고 싶네요. 오늘, 하늘이 유난히도 아름다웠어요.

우리, 비록 겨를 없는 삶일지라도 가끔씩은 스스로에게 하늘을 바라볼 여유 정도는 선물하기로 해요. 흘끔도 좋고, 지긋이도 좋아요.

내일을 위해 앞으로 앞으로 달리다가도 가끔씩은 위로 위로 바라보자고요.

앞으로 당신의 하루에, 하늘이 위로를 가져다줄지도 모르잖아요.

에필로그
그리고 이 밤에 적어내는 글

'오늘도' 밤을 지새우며 글을 썼다.

꾸벅꾸벅 졸면서도 꾸역꾸역 쓰다 보니 어느새 한 권의 책이 완성됐다.

스스로에게 위로를 건네자고 시작한 '글쓰기'가, 한 명 한 명 독자들의 응원에 힘입어 어느새 대중을 위한 '책쓰기'로 변해왔다. 출간을 준비하는 과정은 때때로 험난했고, 때로는 포기하고 싶을 정도로 힘들었으나 내 곁을 지켜준 소중한 인연들 덕분에 책의 취지와 방향을 놓치지 않을 수 있었다. 나의 부족한 글을 사랑해주는 독자들, 친절과 다정으로 언제나 나의 곁을 지켜주는 소중한 가족들, 그리고 자주 휘청거리는 나를 단단히 붙잡아준 친구들과 선후배들에게 특별한 감사의 마음을 전한다. 사실은 책을 쓰는 과정 말고도 여태까지의 삶에서 당신들이 없었더라면 차마 견디지 못했을 시간들이 있었노라고, 벅차던 오늘을 밝게 채워준 당신들 덕에 나는 다시 또 내일을 살아갈 수 있었노라고, 여태까지 한 번도 건네지 못했던 말들을 수줍게 전한다.

출간을 도와주신 채륜서의 서채윤 대표님과 김미정 편집팀장님께도 진심 어린 감사의 말씀을 전한다. '우연치고는 너무나 완벽하게도' 대표님과 주고받은 투고 메일 덕분에, 나의 부족한 글을 좋게 봐주신 편집팀장님의 너그러움 덕분에, 이 책이 세상에 나올 수 있었다. 두 분과 마주하며 한 권의 책이 얼마나 많은 정성과 열정으로 만들어지는지 깨달았다. 정성과 열정이 넘치는 두 분과 조우한 이후로 '글 앞에 더욱 진지해지자' 매 순간 스스로 다짐하게 되었다.

자신만의 밤을 견디느라 힘들고 지친 사람들에게 위로가 되는 책을 내자는 것이 처음의 취지였다. 그런 취지를 책에 담기 위해, 위로가 되는 글이란 과연 무엇일까 내내 고민하고 또 고민했다. 그 고민의 끝에 내가 도달한 답은 '불가피한 상황에 놓인 사람에게 그건 당신의 탓이 아니라고 말해주는 글'이었다. 돌이켜보건대 불가피한 상황에 휘청거리던 나를 살린 말들은 대체로 그러했으므로. 이 책에 담긴 일련의 이야기들 또한 그런 맥락에서 읽히면 좋겠다. 내 나름의 짙은 밤을 위로했던 나의 대천바다가, 책 속 구절들이, 인연들이, 음식들이, 결국 그 모든 것들이 내게 건넨 "살아보라"는 말들이... 이 모든 것들이 당신에게 "그건 너의 잘못이 아니다."라는 말로 그 의미가 닿았으면 좋겠다.

　여러모로 품이 많이 든 첫 책이라 그런지 참 애틋하다. 그래서 나는 이 책이, 범람하는 에세이 시장의 풍파에 떠밀려 판매대 뒤편을 오랫동안 차지하는 그저 그런 책은 아니길

바랐다. 때문에 이 책을 쓰는 과정은, 나의 지극히 개인적인 고민들이 과연 독자들의 마음에 얼마나 공명할 수 있을지 끊임없이 걱정하는 과정이기도 했다. 가끔씩은 잠을 설치고 때때로 불안했다. 다만 마지막으로 원고를 매만지며 생각을 고쳐먹었다. '널리 읽히지는 못하더라도 깊이 읽히는 책이면 되지 않을까'하고 말이다. 내 어쭙잖은 글이 누군가의 마음을 깊이 울린다면, 그리하여 그 사람에게 또다시 삶을 살아갈 힘을 건넨다면, 내 마음은 그걸로 충분할 것 같다.

끝으로, 일련의 이야기들로 넌지시 건네던 말을 독자들에게 전하고 싶다.

"그건 당신의 잘못이 아니다, 그러니 살아보자 우리."

2022년 2월의 어느 밤.

시선이 머무는 밤

1판 1쇄 펴낸날 2022년 6월 17일

지은이 최성우

책만듦이 김미정 책꾸밈이 홍규선

펴낸곳 채륜서 펴낸이 서채윤
신고 2011년 9월 5일(제2011-43호)
주소 서울시 광진구 자양로 214, 2층(구의동)
대표전화 1811.1488 팩스 02.6442.9442
E-mail book@chaeryun.com Homepage www.chaeryun.com

책값은 뒤표지에 있습니다.
ISBN 979-11-85401-70-6 03810

 함께 꿈을 펼치실 작가님을 찾습니다.
소중한 원고를 보내주시면 특별한 책으로 만들겠습니다.

채륜(인문 · 사회), 채륜서(문학), 띠움(과학 · 예술)은 함께 자라는 나무입니다.
물과 햇빛이 되어주시면 편하게 쉴 수 있는 그늘을 만들어 드리겠습니다.